◎茶陵县文艺创作重点扶持作品

醉美大院

ZUIMEI
DAYUAN

张冬娇——著

天津出版传媒集团
百花文艺出版社

图书在版编目（CIP）数据

醉美大院 / 张冬娇著. -- 天津 : 百花文艺出版社，2023.3
ISBN 978-7-5306-8355-2

Ⅰ. ①醉… Ⅱ. ①张… Ⅲ. ①散文集－中国－当代 Ⅳ. ① I267

中国版本图书馆CIP数据核字（2022）第163805号

醉美大院
ZUIMEI DAYUAN
张冬娇 著

出版人：薛印胜
责任编辑：郑爽 **封面设计**：刘昌凤
出版发行：百花文艺出版社
地址：天津市和平区西康路35号 **邮编**：300051
电话传真：+86-22-23332651（发行部）
+86-22-23332656（总编室）
+86-22-23332478（邮购部）
网址：http://www.baihuawenyi.com
印刷：三河市元兴印务有限公司
开本：880毫米×1230毫米 1/32
字数：190千字
印张：7.375
版次：2023年3月第1版
印次：2023年3月第1次印刷
定价：59.80元

如有印装质量问题，请与三河市元兴印务有限公司联系调换
地址：河北省廊坊市三河市黄土庄镇尚庄子村
电话：0316-3180002
邮编：065200

· 犀城掠影 ·

张冬娇 / 摄

· 县委大院主楼 ·

· 鸟瞰县委大院 ·

· 姹紫嫣红开遍 ·

· 主楼前的桂花树 ·

· 县委办 ·

· 组织部 ·

· 常委楼前院 ·

· 常委楼东侧 ·

·栗园宾馆·

·松林深处的将军楼·

·围墙·

·防空洞的一个出口·

·第三会议室·

·食堂·

·篮球场·

· 无论从哪个角度观看，都是一幅画 ·

序

文／刘小琴（湖南省茶陵县政协副主席、文联主席）

红砖瓦房，木板楼梯，公共食堂……

县委大院，曾让多少人仰望和羡慕，也让多少人觉得威严和高深，但是建于20世纪50年代至今仍在使用的茶陵县委大院，只是一个老旧简陋的院子，朴实、亲切、随和，让人眼前一亮，心头一暖，被当地百姓誉为“最美县委大院”。

它是生态的，院内树林阴翳，幽静迷人，几栋苏式建筑风格的办公楼隐在枝繁叶茂的森林中，素朴庄严，小巧别致。

它是红色的，1965年毛泽东千里来寻故地——重上井冈山时曾在常委楼住过一晚，从此大院便着上了神圣的色彩。二十多位县委领导一直蜗居于此，坚守的不仅仅是一份情怀，更是一种信仰，是共产党人无私、奉公、为民、守义的最真实写照。

茶陵县委大院集生态与红色文化于一体，是典型的森林政府单位。

和所有在这个院子工作过、熏陶过多年的干部一样，作者对大院深有感触，饱含深情，她以感恩的心情写下了这本书——《醉美大院》。

《醉美大院》一书分为七个部分，既有陈述大院历史的长镜头，也有作者工作生活的聚焦点；既有人文景观的深度挖掘，也有自然景观的生动描述；既有大院鲜为人知的故事，也有作者简朴生活的感悟。

作者文字清新，笔触细腻，字里行间充盈着对大院的喜爱和敬畏之情，作品对宣传和推介茶陵、弘扬主旋律、传播正能量有着重要的意义。

创作是文艺的灵魂，是文艺工作者的中心任务。为繁荣和发展我县文化事业，鼓励广大文艺工作者的创作热情，促进文艺精品创作生产，经研究决定，《醉美大院》一书纳入茶陵县文艺创作文学类扶持项目。

希望全县广大文艺工作者，不忘初心，牢记使命，坚持不懈地走出去，沉下去，融进去，生动讲述好茶陵故事，广泛宣传好茶陵声音，创作出无愧于新时代、无愧于人民的文学作品，为共同推进我县文学发展和繁荣作出应有的贡献。

2021 年 10 月

自　序

有位作家说过：“在今日里写作，其实就是报恩，我可能在报一场暴雪的恩，报一场大雨的恩，报一条走过的路的恩，更要报这十年里头我所遭遇到的这些人事的恩。”

人的一生中，每一次相会都是绝无仅有、独一无二的，这是上苍的眷顾，是命运的馈赠，我们理应认真对待，珍惜感恩。如此，心才能安定，才不会留下遗憾。

当初我着手写《茶陵老街》，其实也是出于一种情怀，出于一位文化工作者义不容辞的责任。我在那里度过三年高中生活，汲取着知识与力量。它丰厚的文化底蕴，是中华民族传统文化与地方风土人情共同氤氲滋养而成，它是这座城市的根与魂，是我们共同的精神基因。

写完《茶陵老街》后，我的目光转移到了最美县委大院，这个我至今工作生活了十二年，而且还要继续工作下去的地方。我从来没想到我与大院会有如此深的缘，它占据了我人生工作时间的一大半，它深邃的智慧净化着我的生命，洗涮着我的灵魂，滋养着我的精气神。

走进茶陵县委大院，你会被其环境深深吸引。这里没有摩天大厦，没有奢华的装修，只有满院丰茂的大树，掩映着几栋上个世纪50年代常见的苏式建筑风格的二层小楼，简朴、幽雅、宁静，又不乏祥和与庄严。

这里本来是一座荒山，西承云阳山地脉，东接历经五朝的政治、经济、文化中心茶陵老街。洣水南来，绕过老街后，从这座山的北边流过。漫长的岁月里，除了满山满坳的杂树灌木以及飞禽走兽、蝉叫虫鸣外，只有一座又一座的坟墓相伴于此，因而人们称之为乱葬山。

1956 年 7 月，一个偶然也是必然的因素，一群人满怀热忱地来到这里，挖土填方，清基砌墙，花了两年多的时间，建成四栋苏式建筑风格的两层楼房。新生的人民政权茶陵县委从解放街搬到这里，一茬又一茬的干部开始在此植树造林，栽花种草，将乱葬山变成了他们心目中最美的花果山。

乱葬山虽然焕然一新，人气兴旺，但有很多东西还是留下来了，比如那高耸入云的松树、树冠庞大的樟树、土质优良的黄泥土、春风吹又生的杂草、千万年的鸟叫虫鸣。谦和内敛的楼房并没有咄咄逼人、侵占掠夺，而是和它们和谐共处，相互映衬成一个优美的办公场所。

1965 年 5 月，一代伟人在县委常委楼留宿一晚。他住过的房子，留下的合影，门窗两边镌刻着他在 1951 年送给茶陵人民的题词“发扬革命传统，争取更大光荣”，散发着一股神圣肃穆的气场，浸润着县委大院，激励着一代又一代的茶陵人。

几十年过去了，院内树林阴翳，幽静迷人，几栋老楼也变得陈旧沧桑。茶陵人牢记着毛主席的教诲，传承着毛主席那份艰苦朴素的品质，一直“蜗居”于此，没有新建过办公楼，几十年如一日。老百姓打心底喜欢，他们觉得熟悉、亲切，去这种地方办事，安心、放心。大院承载着艰苦奋斗的传统，驻扎着民生冷暖情怀，如同一个时代的精神坐标，2013 年被湖南卫视记者采访报道后，这片热土成为最靓丽的一道风景，被人誉为“湘东最美办公楼”“最美县委大院”。

十二年的朝夕相处，我对院子里的一草一木，一花一树都了如指掌，我熟悉它们的一呼一吸、一颦一笑，然后把它们一一记录下来；十二年的物候轮回，四季在院子里呈现不一样的美，我捕捉一个又一个动人的瞬间，付之笔端，行诸文字。这些文字，我选了一部分，收录在“草木”“四季之美”等篇章中。

十二年了，不知道是我内在的秉性吻合了大院的安静、素朴，还是大院的清幽、深远在潜移默化中影响了我，总之，十多年里，我变得越来越崇尚简单、朴实、宁静。我把光阴集中在工作、阅读和写作中，一分一秒的时间都闪耀着静谧之光——一切都是如此自然舒畅，仿佛留在身上的血液一般自在安然。无数个黄昏或中午，当我从专注的世界里走出来，在深广虚静的大院里，感受恒久与辽阔的宁静，内心有着说不出的愉悦和欢喜。这种心境，我也记录了一些，收录在“简单生活”一节中。

时间的长河奔流不息，六十四年过去了，当年那一批批满怀热忱的仁人志士如今都已是耄耋老人了。县委大院按照自己的轨道向前发展，它变得丰厚幽深，意蕴隽永，给人的功用远远超过了当初“将箢箕窝，变花果山”的初衷，如同一座静静燃烧的灯塔，启发人的智慧，抚慰人的心灵，塑造人的气质，淬炼人的品格。

2021 年 10 月

目/录

第三辑　艰苦奋斗的精神不要丢了

第四辑　森林单位

第五辑　就在主楼办公

第六辑　窗前便是松杉林

第七辑　四季之美

第一辑 犀城概貌

犀城是一座偏远的山区小城，也是一座天然的生态旅游之城，集生态宜居、红色文化、历史文化于一体，如同一篇优秀的短篇小说，篇幅不长，但精致隽永，耐读耐品，别有一番风味。

云山巍巍

黄昏时分，我爬上茶陵县城中心金鑫国际小区顶楼，想拍几张照片，参与“我把茶陵拍给你”摄影大赛活动。

那时太阳收敛了它的锋芒，歇息在西边的云层中，把天边渲染得五彩缤纷。天空柔和，万物柔美，这个日光正是拍照的最佳光线。我把相机对准夕阳，镜头里那片云彩呈现绛红、浅紫、淡黄、银灰等色，层次分明，画面立体感很强。几柱霞光，从云层中直射下来，照亮云下巍峨山峰的一侧坡面，翠壁如屏，黛青色的树木历历在目，如在眼前，触手可及。

我被那种如梦似幻的景象吸引住了，这座与茶陵县城连在一起的云阳山国家森林公园，在霞光的映射下，愈显壮丽多姿，清幽迷人，恍如仙境。

天下所有的山都是一样的，又都不是一样的。

坐落在县城西部的云阳山国家森林公园，峰连七十二，方圆七十余里，境内峰峦叠翠、奇岩幽洞、丹崖流霞、飞瀑如练，集秀、幽、险、奇于一身，与扬名海内外的炎帝陵、桃源洞国家森林公园及中国革命摇篮井冈山风景名胜区，同属湘赣交界的罗霄山脉山系。如同大自然遗落的块块翡翠，它们形状不一、各具特色，又彼此呼应，相映生辉，成为湘东黄金旅游线上的一个个重要节点。

那座屹立于最高峰顶上的亭台则是远近闻名的祈丰台。从古籍文献资料查阅得知，云阳山是因黄帝之子少昊云阳氏始封于此而得名，又是第八代神农炎帝的封地。中华始祖炎帝神农氏曾在云阳山兴农事、种五谷、尝百草、采茶茗，留下了洗药池、晒药坪、碾药槽、炼丹灶、神农殿等灵迹。

祈丰台，也是灵迹之一。而茶陵，也因炎帝神农氏崩葬于“茶山之阴”而得名。

过去的几十年里，我曾无数次沿着先人的足迹登上那座紫薇峰，在祈丰台前流连忘返。

环顾四周，但见层峰叠嶂，雄姿秀色，宛如绿潮奔涌。若是远眺，可“一峰观三县”，东观茶陵县城，南眺安仁熊耳山，北望攸县。“世间好语书说尽，天下名山僧占多。”云阳山可以隐居，可以养生，历来是佛道两教青睐的风水宝地。前来云阳山修道、悟禅、建宫观寺庵的道徒、僧侣以及寄食寺观的学子络绎不绝，云阳山常年祥云缭绕，钟声悠悠，香火绵绵。

云阳山还有“古南岳”“小南岳”“亚衡山”之称。《史略循蜚》记载：唐初，云阳始封为南岳。不料朝臣刘晏到茶陵后，说云阳山“虽其灵异峭绝莫俦”，但洣水滩险流急，“切虑艅艎莫济”，因此改封衡山为南岳。如今，云阳山上的古南岳宫（云阳仙），已成为南岳圣帝每年农历六月、七月的避暑行宫，当地百姓一直保留着“六月七月朝云阳，八月朝衡山”的民俗。

千万年来，云阳山就安详地坐落在这里，张开臂膀迎接所有来者，让每一位在红尘中劳累奔波的人们，回到它的怀抱里，重回安宁与平静。我们不知道云阳山究竟度过了多少个春秋，抚慰了多少焦渴的心灵。不少文人墨客曾来此探幽揽胜，吟诗作赋，寄情山水。如宋代著名文学家黄庭坚、明代茶陵知州林廷玉、明代著名旅行家徐霞客等都慕名前来云阳山，留下了许多有关云阳山的名篇佳作。

展现在镜头里的云阳山，宏伟、静谧、旷达、辽阔，就像一位胸怀锦绣、博大精深、宽容仁慈的得道老人，让人生出无限的感慨、深情和敬意。

洣水环流

沿着山峦，我把镜头慢慢向南边移去，山势渐渐变得低矮平缓。山峦如波涛起伏，青黛山色一层一层地向远方淡下去，直到和天边苍茫一色，宛如一幅水墨画，浓淡相宜，却意境深远。

天下所有的河流都是一样的，又都不是一样的。

从天际漂来的洣水，清澈，澄碧，荡着井冈山的俊秀，漾着炎帝陵的神韵。它似乎格外钟情这块土地，当它流经洣江大桥时，与西南蜿蜒而来的文江汇合折而向东，再折而向北，再折而往西，这样一波三折，逶延数公里，把这块土地呈“U”形深情地搂进臂弯里，最后流经云阳山洪山庙峡谷，悠悠北去，经过攸县、衡东，注入湘江。

这块三面环水，风水上称为“玉带水”的地方，历来为人们所喜爱，唐朝时，这里已发展为热闹繁华的集镇“茶陵镇”。茶陵于先秦置县，经过茶陵县、声乡、茶陵军、云州、茶陵州等数次建置沿革。南宋绍兴九年（1139），茶陵升县为军时，设七乡四镇，茶陵镇就是其中一镇。

南宋绍定年间（1228-1233），一位名叫赵希稷的幕僚（类似于机要秘书职位）奉命择址兴建城墙。他踏遍了茶陵的山山水水，最终把目光深情地锁定在这块依山傍水的风水宝地上。人们只需在西面陆地掘成人工护城河，南引洣水灌注其中，再向北汇入洣水，城就四面环水、据险可守了。而掘出护城河的泥土，稍经加工，又可夯墙，墙成河成，可谓一举两得。南宋绍定六年（1233），历经晓塘城、茶王城、马王城、金州城等多次迁徙的茶陵建政中心，随城墙的兴建而迁于城内。此后，元、明、清州衙及民国时期公署均设立于此，茶陵镇也就成为全县（州）历经五朝的政治、经济、文化中心。

古城内，街道规划轴线分明，布局合理，功能齐全。“U”字形河州呈长方形，东西距离长，南北距离短。老街傍着洣水以东西向街道为主，间插南北向街道，彼此交叉，坐落有致，构成迷宫一样的交通网络。清朝之前，有中坝、东、西、南、北五街，以中坝村为辅，交汇于县衙，对称严谨。

随着城市工商业的发展和城市人口的增加，街道由“城里”向“城外”一段段地延修，新建的街道无法命名，就沿街而计。清康熙三十年（1691），形成了“终九总”的老街格局。那时候的老街，傍着云阳山，依着洣水，内有护城河。青山绿水，碧树蓝天，小桥流水，尽显江南小镇的秀丽之姿。街两旁的店铺作坊，青砖黛瓦，门镂窗刻，飞檐重重，无不透出古朴幽逸之美。街面铺着青石块或红石块，来来往往的行人，走在曲折悠长的石板路上，穿梭在鳞次栉比的店铺间，热热闹闹，熙熙攘攘，这一切全在洣水环抱中，如同一幅清明上河图。

“洣水南来西复东，北去婉转如环筒。恰似葫芦金线吊，茶州安在水晶宫。”晴空万里时，站在云阳山紫薇峰鸟瞰，或从航拍照片上都能清晰地看到阳光下的洣水，波光粼粼，如一条金线（文江水呈黄色，与洣水汇合后仍泾渭分明，曰“金线”）吊着一个巨大的宝葫芦，这就是著名的茶陵八大景观之一——金线吊葫芦（洣水环流），而茶陵古城正好安坐在葫芦的鼓部，就像安放在水晶宫一样神奇美丽。

洣水两岸，青山如黛，树影婆娑，倒映在江水中，如一幅绚丽多姿的画卷。铁牛亭与定林寺隔河相对，文明塔和东门塔遥相辉映，和天下所有美景一样，这里也曾是佛道两家的风水宝地，是历代文人墨客青睐的游览胜地。

《茶陵州志》收录了韩阳的诗《茶陵偶成》：“好山千叠翠，流水一江清。有里民安业，诸村犬不惊。”青山，碧水，民风淳朴，村落祥和宁静，人们安居乐业，此景此情，令人神往。

古代文人墨客留下的诗文词翰还有很多。这山，这水，那人，那情景，穿越时空，历历在目，使得洣水充盈着浓郁的书卷气，成为茶陵老街丰厚文化中不可缺少的一部分。

茶陵老街

如今，老街依然保留着“终九总”格局。除了“三总”至“七总”的街道在民国时期稍微拓宽能通大型汽车外，其他街道的走向、长度、宽度都没变。

有着近八百年历史的茶陵老街，有至今保存完好的被列入国家重点文物保护单位的茶陵古城墙；有近八百年的国宝级文物古迹茶陵铁牛；有茶陵县工农兵政府旧址；有五百多年历史，在茶陵规模最大、影响最为深远的洣江书院；还有文庙、城隍庙、东门塔、进士长廊、梳妆台、三总桥，莲华庵、法华庵、定林寺等古迹和遗址；有一百五十余栋保持相对完好的古民居、古院落及明清时代的商铺……茶陵老街虽然没有云南丽江古镇那样艳丽迷人，但它有独特的真诚、淳朴和自然之韵味。

这些古迹中，历史最为悠久的当属茶陵古城墙和茶陵铁牛。茶陵古城墙遗址总长为三千三百五十三米，集军事防御和堤防于一体，具有“城身表里皆石”的独特构造。城西至南一段约六百米的城墙是湖南省境内唯一保存完好的宋代始筑的古城墙，包括完好无损的西门迎湘门和南门迎薰门，也是湖南省历史文化名城和湖南省百景之一，被列入国家重点文物保护单位。近八百年来，它雄踞在这里，就像一位巨人忠实地守护着这方百姓。

和古城墙一样同属于国家重点文物保护单位的茶陵铁牛，位于洣水河畔古城墙旁。当年，县令刘子迈为杀水势修建城墙而铸铁犀，他怎么也没有想到，在日复一日、年复一年地浸润和熏陶下，这只铁犀在不知不觉中向内转化成一种力量和勇气的象征，一种勤劳勇敢、坚韧拼搏品质的象征，这便是人们常说的“茶陵牛”精神。也许是历史上的某种巧合，茶陵铁牛与茶陵人民在内在秉性上有着天然的相似。据清同治年间《茶陵州志》记载：茶陵人“其性决烈而劲直”“直而不屈”“朴而不华”且“农勤于耕，士勤于学”，这些个性特征正好吻合了牛的勤劳朴实、吃苦耐劳、坚韧不屈、无私奉献的秉性，集中体现了“茶陵牛”精神。“茶陵牛”，如今成了茶陵人的自称，也成了株洲人、湖南人对茶陵人称赞的美誉。而茶陵县，也因此被称为“犀城”。

近八百年来，茶陵老街涌现了四十多位清官廉吏，他们有知州、县丞、学正、典史、茶陵卫守备等。他们有上级派来茶陵考核的，有升任的，有贬任的，有调任的，有以秀才身份被委任官职的。不管怎么来的，他们都来自外乡，与茶陵人民没有任何血脉亲情关系，但是他们却把这里的百姓当亲人，恪守着州衙戒石坊上的“清、慎、勤”三字箴言，为官一任，造福一方。他们的人格魅力和精神世界，在一定程度上扭转了地方的不良风气，也为其他人做出了表率。

茶陵县自古以来学风浓郁，人文鼎盛，“茶陵学校于湖湘为盛”，连解缙都留下了“莫道秩溪无好景，五更犹听读书声”的诗句。近八百年来，从这块土地上走出了一百多名进士和刘三吾、李东阳、张治、彭维新四位大学士，成为有名的进士之乡，有“四相文章冠两朝”的美誉。一百多名进士中，没有一位贪官或奸臣。他们怀着“修身、齐家、治国、平天下”之心，勤政为民、廉洁奉公、刚正不阿、洁身自好。一个个熟悉的名字，如同群星闪烁，光耀茶乡。

近代历史上，从这块土地上，还走出了几十位将军，走出了共和国十几万威武的士兵，又成为有名的将军之乡。一代代人，他们的个性极其相似，血脉里都流着茶陵牛的气质。这只昂首卧伏、目光炯炯的铁牛和旁边的古城墙一起构成了这方民众的图腾，成为富有传奇色彩的一个民间神物。

茶陵老街是古代封建社会地方政治文化中心的一个缩影，其独特的文化底蕴，是在中华民族深厚的儒释道文化基础上，在历代官员和地方绅士的影响下，与地方风土人情共同孕育而成的。它们是犀城的根与魂，是我们共同的精神基因。

森林城市

随着攸茶公路、耒茶公路和茶酃公路相继建成通车，人们渐渐从洣水的臂弯里走出来，往西越过荒山，开辟新街道。20 世纪 80 年代，城区往西、南发展，形成以交通街、炎帝路为主干的政治经济综合区，以烈士陵园为中心的科技文体活动区，城西工业区及早禾冲、长岭坪居民区等功能分区较合理的新城区。

相比发达地区，很长一段时间里，茶陵县发展缓慢。云阳山像一道屏障，为这块土地遮风挡雨的同时也挡住了人们的脚步和远望的目光，人们过着比较平静的生活，但岁月静好的背后是偏僻落后与贫穷。改革开放后，特别是进入新世纪以来，国民经济飞速发展，交通越来越发达，出行越来越便利。衡炎高速、衡茶吉铁路打通云阳山，醴茶铁路，泉南、岳汝高速公路在境内交织，加上国家精准扶贫政策的实施，茶陵县迅速发展起来，县城规模西延南扩，新辟街道有东阳街、犀城大道、茶陵大道、朝阳街、云阳路、环城路、紫阳街、步云街、紫云路、工业大道、洣江大道等。七十多条新旧街道，东西纵横，南北交错，形成四通八达的交通网络，并于 2018 年脱贫摘帽。

短短二十来年的时间，县城发生了翻天覆地的变化，人们统一用当今最时髦的建筑样式筑成自己的美庐，一家老小俱欢颜。街道两旁，学校与居民小区高楼林立，隔空相望；三四层高的楼房，一律红顶白墙，密密麻麻，鳞次栉比；再往远处，一栋栋风格别致的小别墅坐落在云阳山脚下，优雅宁静，含蓄而又有风度。而北边又是另外一种光景，洣水如一弯明镜，绕过老街，向西北流去。两岸绿树葱郁，浓墨重彩，如两条绿带，随洣水一路浩浩荡荡，绵延而来。河那边三三两两的民居小楼房，参差在农田间，错落有致。再往东边望去，红顶白墙的民居沿着老街散开去，火柴盒子一样，一直延续到天边。阳光照耀在它们鳞片一样的白墙上，倒映出温润祥和之光。

人类进入城市纪元，城市被纵横交错的道路分割成无数碎片的“钢筋水泥森林”，人们开始与大自然亲密接触，治愈心灵。比如去公园里散步，看看小鸟与小草；在海边坐坐，听听浪涛声声；在森林里深呼吸，感受林间新鲜的气息……很多政府也已开始行动，拓宽街道，种植树木，建造公园，让河流横穿城市等。

而处在偏远山区的犀城正好避免了这些，犀城很小，小到从小区位置出发，不论哪个方向，开车十几分钟甚至几分钟即可到达山林、河流、田野，随时可以与大自然一起安静地待一段时光。此外，犀城西边有巍峨的云阳山盘踞，西北有武功山环护，东南有万洋山萦绕，洣水在境内婉转迂回，再绕城北去。境内茶祖公园、东阳公园、烈士陵园、洣水风光带、农田、防护林等团团绿意与四周山色连接，辉映一体。远远望去，群山环绕的犀城，蓝天白云，青山碧水，大桥飞驾，楼群林立，像一个镶嵌在这块土地上的巨大瓷盘，一个绿色底子夹杂红白碎花的瓷盘，青翠、绚丽，现代而又不失淳朴。

犀城是一座偏远的山区小城，也是一座天然的生态旅游之城，集生态宜居、红色文化、历史文化于一体，如同一篇优秀的短篇小说，篇幅不长，但精致隽永，耐读耐品，别有一番风味。

如果把有着厚重历史文化的老街比作一棵大树，那么，年轻美丽的茶陵新街，不过是在这块热土上扎根了近八百年的老树上，又抽发出新枝。只有扎根于沃土的植物才能欣欣向荣，只有厚重的历史文化才能滋养出更灿烂的文明。如今，萧条冷落越来越边缘化的老街，如一位智者，以朴素的姿态隐匿于现代化的楼群中，丰厚而又寂静，沧桑而又安详。

茶陵县委大院就是诞生在这样一片土壤上，在新老街交接之处，它独特的魅力使其格外耀眼。

第二辑 将箩箕窝，变花果山

几年过去了，这里松杉林四季常青、柑橘园花果飘香、板栗园蔚然成荫，各种花草在办公楼前、大路两边随季节次第绽放，各种叫不出名字的鸟儿终年在树林间唧唧喳喳、飞来飞去。光秃秃的县委大院果然焕然一新，成为生态宜居的福地。

建政初期

时间回到1949年8月15日，那一天，对于茶陵县人民来说，注定是一个永远闪光的日子。

那一天下午，中国人民解放军二野十八军五十四师部队从东门浮桥顺利过河，在东门洲上集结整队入城。城内大街小巷到处张贴了欢迎的标语，鞭炮声、锣鼓声震天动地……古城和平解放，茶陵县人民免遭了一场战事浩劫。解放军军事管理委员会对旧政府、机关团体实行军管，茶陵县历史从此翻开了崭新一页。

县委机关设在茶陵老街解放街茶亭巷的一座四合院里，这是一座砖木结构的两层楼房，主楼对着茶亭巷。房子破旧，许多墙面失修，门窗油漆剥落。县委办、组织部、宣传部均在二楼，农村工作部、共青团、妇联会等都在一楼。房子紧张，每个部门只有两间办公室，县委领导每人只有一间房，办公住宿都在一起。

南北生活习俗差别很大，工作队刚来，吃不惯大米，受不了辣椒，更不习惯下乡爬山，甚至还闹出笑话。有一次，炊事员炒菜后，看到老百姓的脚盘是用桐油油了的，还干净，就拿来装菜，然后分给各班去吃。他不知道这脚盘是用来洗澡、洗脚用的。他们回忆南下后的感觉，除了鸡鸣、狗叫、娃娃哭是一样的，其他都不同。但他们还是克服了生活习俗和文化之间的差异，天天满怀激情地工作着，不知疲累。而且大部分南下干部选择留在茶陵县，把毕生的热血和青春韶华，熔铸在了这片红色的热土中。

南下工作队挤在这栋陈旧狭窄的四合院里，运筹帷幄，带领茶陵县人民很好地实现了由军事管制委员会到人民代表大会的过渡。同时，他们加强了全县各级党组织建设，充分发挥了党组织的核心领导作用，群策群力地做好征集粮草、支援前线、剿匪肃特、土地改革、发展生产、济困救灾、医治战争创伤、重建美好家园等工作，有力地推动了建国初期茶陵县各项工作的开展。

随着经济社会的不断发展，工作越来越复杂，工作量也越来越大，县委相应增设和调整了一些工作部门。如 1951 年 3 月，增设纪律检查委员会（1955 年 10 月，改为监察委员会）；1953 年，增设财政经济部；1954 年，创办党建班；1956 年，增设工交、文教、统战部等。部门增多，工作人员也越来越多，小小的四合院实在挤不下了。怎么办？部分工作人员便被安排到洣水对岸洣江中瑶村的民房办公和住宿。机关干部分散在两处办公和住宿，给工作和生活带来极大不便，既不利于统筹协调经济建设工作，也不利于干群、上下级之间的工作联系和思想交流。特别是通讯员，常常为通知、送信或联络，两处奔波，忙忙碌碌，费力费时，严重影响学习效率、工作效率、生产效率。

为切实提高单位时间效率，优化工作作风，1956 年 4 月初，县委决定筹建县委机关办公大楼。经过将近一个月时间的走访、考察和广泛听取各方面意见，最终把新楼地址定在乱葬山北部的箢箕窝。

乱葬山

乱葬山地处茶陵老街西部，清朝时期，七总街沿着主街一路向西修过来，被它挡在山脚下。

这座山既不高峻，也不险要。但它西承云阳山地脉，从十八丘开始，东达老街屯下，南至腊芫街，北至农林村，雄浑宽阔。它的这个特点比较适合墓葬，地势开阔易于采阳采光，海拔稍高可以避免雨水闷灌墓区。因此，四周村民都愿意将故去的人埋葬于此。天长日久，乱坟相叠，不计其数，当地人统称这里为乱葬山。

有关这座山的历史，除了东部靠近老街的狮子口山地（今茶陵一中）和一化坛（今创信小区）史书略有记载外，其余皆不见经传。

狮子口山地因洣水、文江从山前流过，历来被看作办学建校的风水宝地，茶陵县历时长、规模大、影响较为深远，至今已有五百多年的洣江书院就兴建于此。

一化坛的前身为先农坛。清朝雍正四年（1726）由州官奉旨立坛，每年清明节前后的亥日，由最高行政长官率领僚属、耆老、农夫恭祭。明朝茶陵进士刘应峰在回乡省亲时写过《旌忠庵记》一文，记述离州城大约两三百米的样子有一座山，“竹木荫翳，禽鸟时鸣，寺庙窈然深藏其中”，说的就是一化坛。这里离城虽近，却人烟稀少，有着深山老林的清幽和寂静。藏在山里的“寺庙”即“旌忠祠”，南宋岳飞率兵讨贼于茶陵，战士牺牲后埋在这里，人们建祠以纪念。刘应峰后来在此创办旌忠书院，并亲自担任山长兼主讲，让琅琅书声飘荡山林，为这片山林平添了几分风雅与书卷气。

1946 年夏，私立正本中学曾在一化坛建校，借用了一化坛全部房屋，把离佛寺不远的旌忠书院和破旧的旌忠祠改装成食堂和炊事房。1950 年，正本中学并入县立二中，政府在一化坛建成用来储存粮食的解放仓，即后来的县粮食局。一化坛、旌忠书院、旌忠祠以及侧边的神龙殿等一些旧建筑都被毁掉。1958 年 9 月，县机关幼儿园也创建在这里，后来在挖防空洞时，挖出一个古墓穴。据考证，这就是当年岳飞埋葬阵亡将士的墓葬。

民国时期，攸茶公路、耒吉公路茶陵境段、茶酃公路相继建成通车，茶陵县城逐渐向西向南发展，主街道从七总街西端开始往西越过屯下，向乱葬山开辟一条二百五十米长的新街道，直达汽车站前，当时被称为汽车站路，1949 年 12 月，这条路改称为交通街。屯下，茶陵话即是地势低下去的意思，因这里有一条被修成一层层阶梯式上坡的小道，因而也有说“屯”就是由层转化而来。

新建的公路基本上属石子路或黄泥巴路，路况极差，坑坑洼洼，晴天尘土飞扬，雨天泥泞难行，一路颠簸得厉害，行人在车内颠来撞去，晕得疲惫不堪，境内物质进出、人员往来的主要通道仍然是洣水航道。因此，乱葬山一带，人烟稀少，大部分山地仍是杂树丛生的荒山野岭。漫长的岁月里，春去秋来，花开花落，叶绿叶黄，除了满山满坳的鸟叫虫鸣、飞禽走兽外，只有一座又一座的坟墓长伴日月，守望寂寞。

为什么选择篷箕窝？

就像一个国家的建都，建都的地方合不合适，直接关系到国家的兴衰。我国历朝历代对选址建都非常重视，须经过一系列的论证，绝对不会马虎了事。同理，一个城市县委大楼的选址，关系到该城市的兴衰和官民的福祉，绝对不可轻率从事。一般来说，办公大楼的地址，应选在该城市版图靠北的位置，大楼面南而立为最佳。当时县城正向西边的乱葬山发展，而箆箕窝就处在乱葬山的北边，前面二百米处即新修的交通街，交通街过去就是茶陵汽车站（今金鑫国际附近），茶醴、茶耒、茶酃等公交都在那里交汇。

因此，靠北位置的箆箕窝地势高亢，视野开阔，再加上交通方便，确实是一个比较理想的办公场所。

谋划决策

1956 年 5 月 6 日，那是一个天气格外晴朗的日子，阳光灿烂，惠风和畅，鸟语花香。这天上午，县委机关办公大楼的筹建会议在四合院召开。县委书记安详，副书记丁宗伦、梁正云，县长唐征，县委办主任萧冠荣等县委、县政府以及有关部门的领导同志集中在一起，一个个兴高采烈，激动不已。

“茶陵县委会是茶陵人民政治、经济、文化发展的指挥中心，该有个像样的‘窝’了。”“我们应该好好地为茶陵人民建设一个‘首脑’机关了。”

会议上，大家各抒己见，仁者见仁，智者见智，献言献策，明确了建楼地址、承建单位、资金来源、民工来源、材料供应单位、动工日期以及建筑人员和管理人员住宿等事项。据当时记录会议的县委会通讯员尹瑞湘同志回忆，建楼资金由县财政科筹集，按工程建设进程拨款。所需民工由下东乡光辉、小车、条心三个村负责。提供建筑材料的责任单位分别是：城关红砖厂供应红砖，下瑶铁牛寺供应青瓦，桃坑乡供应木材，枣市洞头、岩口村供应生石灰，城关镇供应河沙，其他材料去市场购买。县森林工业局负责建筑队和管理人员的住宿。

这里要特别提出的是工程承建单位茶陵建筑社。这是当时茶陵县唯一的建筑单位，几乎集中了全县民间所有优秀的砖匠和木匠，资质力量较强。负责人是木匠出身的周满森，他曾先后设计建筑了县人民礼堂、县电影院、烈士陵园仿古亭阁、县展览馆等建筑，有着丰富的施工经验。这些建筑造型新颖、结构稳定，充分显示了他的才华和智慧，也为他赢得了极好的声誉。

不久，县委办萧主任召集工程建设管理班子成员开会，他们是县粮食局局长江清、建筑社社长周满生、县政府工业科李侑仁、县委办尹瑞湘。这是一个精简的班子，都是一个人顶几个人用。会上传达了筹建大楼的会议精神，重申了做好县委机关大楼工程建设管理工作的重要意义，客观分析了将遇到的各种困难和问题，并将各项工作做了具体的分工。其中尹瑞湘同志负责具体日常工作，包括组织民工、质量把关、材料供应等。

“千年大计，质量第一。”在质量把关上，大家深知，责任重于泰山，质量重于泰山，民望重于泰山，管理班子成员心往一处想，劲往一处使，致力于把县委机关大院建设工程打造成优质工程。他们制定了一套严密的质量保证体系和质量管理制度，落实质量责任，狠抓各项工作制度，使每一道工序、每一项具体工作都有质量负责人。尤其是对建筑材料的要求，始终坚持质量把控，绝不含糊。如红砖，尺寸要求统一，严格按照 2×4×8 的规格，两面平整，四角不缺，颜色呈猪肝样；青瓦要求不变形，敲起来有金属之声；木材要用高岭上的大树，实木实心，笔直无节；生石灰要雪白，不能有骨头渣子；河沙要干净，不能有泥土。此外，所有上墙的红砖都必须经水浸泡，避免吸干抹上的水泥砂浆中的水分，出现空鼓、脱落甚至裂纹的现象，特别是炎热酷暑时节，影响砌筑的进度和平整度。

做好工程建筑，三分建设，七分管理，而做好管理和服务工作，务必在精细上下功夫。当时年轻的尹瑞湘担心自己人生阅历浅，办事经验不足，难以胜任管理工作，但大家都为他鼓劲，说分工不分家，分工不分心，有困难大家一起想法子。尹瑞湘充满信心了，是啊，凡事都应从“心”开始，在汉字中，两个点，一扇门守护着当中最重要的那一点，是谓“心”。心诚事成，心齐力大。最后，萧主任语重心长地说：“管理工作无小事，件件都要用心来做。只要悉心而为，就没有战胜不了的困难，没有办不好的事情。”

短暂而充实的会议，给大家打了气，鼓了劲。与会人员纷纷表态，一定不辜负县委的殷切希望，不辜负时代赋予的责任，以坚强的意志，不畏艰难的斗志，圆满完成各项任务。

县委办公大楼工程建设的序幕，拉开了。

动土填方

1956 年 7 月 2 日，工程建设正式动工。

那一天，没有隆重的奠基仪式，也没有杀鸡、鸣爆、敬土地等乡俗祭拜活动，几个负责人一大早就背着工具相约来到乱葬山的簸箕窝，准备放线测量地形，规划地基位置。

簸箕窝，顾名思义，山形凹凸如簸箕。簸箕窝中部有一个小小的山头，高约五六米的样子，面积比较大。站在山头环顾四周，南边是热闹的汽车站和交通街，东西两边分别是一化坛和毛栗甲，北边的农田稻浪滚滚，洣水在不远处静静流淌。簸箕窝山地表面高低不平，乱坟堆积，灌木、山花和杂草丛生，拥拥簇簇。在山坡周围的一些空地上，当地居民见缝插针，种有少量花生、黄豆、辣椒、豆角、南瓜等农作物，给这座山增添了一些生活的气息。周围很静，只有各种鸟叫夹着几声长长短短、高高低低的蝉鸣会合在一起，充溢在荒山野岭间。

然而，管理人员全然不顾这些，他们拿出工具迅速行动起来。他们越过灌木、坟墓，穿过荆棘丛、茅草堆，时而爬上高地，时而溜下沟壑。当时没有测量仪等先进工具，他们采取传统方法，拿竹竿丈量，用麻绳折测。时间不知不觉地过去了，太阳已经升上高空，蝉声越来越密，越来越亮，天气越来越热，大家量的量，测的测，爬上来，走下去，忙得大汗淋漓，可是测量结果却迟迟没出来。这样下去不是办法，尹瑞湘灵机一动，立即骑着单车去县委办开了介绍信，从茶陵一中理工部借来一部经纬仪，迅速返回，才准确快速地测算出切方和填方的高度与深度。

下午，建筑社社长周满森带着砖匠和木匠，携着工具，顶着炎炎烈日赶来了。下东乡光辉、小车、条心三个村的民工，也扛着锄头、挑着粪箕、打着土车子，弯过田间小路，踏上乡村马路，会合于交通街，一路浩浩荡荡地来了。他们迈着矫健有力的步伐，脸上洋溢着幸福的笑容。那时候，中华人民共和国刚刚成立，中华大地万象更新，农民由过去被压迫被剥削的奴役地位，一跃而为国家的主人，一个个热情高涨，以主人翁的精神投入到恢复生产和新的建设中，尤其听说是建设县委大院时，更觉得无比自豪。

他们怀着一颗颗虔诚感恩的心，集中在工地上挖土填方。由于坟多尸骨多，山地高低落差大，有的地方切方和填方的高度和深度都在一丈以上，挖土、填土任务比较重，劳动强度大。尤其是后墙基脚，基本都是用砖、石、砌墩子上来的，对平整地基的要求更高。但是，大家没有畏难情绪，在没有任何现代化机械设备和先进工具的条件下，他们用斧头砍下杂柴、杂树、灌木丛，用锄头挖下厚厚的红土，清除树兜、树根以及棺木和尸骨，再用粪箕、箩筐、土车子把红土运往填方区。

工地上，红旗招展，人来人往，一片繁忙景象。

在建筑社的指挥下，大家有条不紊地忙碌着。每个人都是兴致勃勃的，到处都荡漾着欢声笑语。他们全身心投入到劳动中去，不知道什么叫“出勤不出工，出工不出力”，他们不仅出工出力，还把自己正常的休息时间也献出来，白天顶着炎炎烈日，晚上披星戴月，夜以继日，忙得脚不沾地，干得热火朝天。

沉寂了千万年的篮箕窝，从来没有像现在这么热闹过。

工程的进度出乎意料地快，前后只花了七天时间，建筑地基就平整好了。凹凸不平的篮箕窝改头换面，被夷为一块平整的红土地。城里不少居民听说了，纷纷赶来观看，连连惊叹。

7 月 10 日，周满森领着县建筑社的砖匠、木匠，划线，打桩，正式放样了。县政府工业科李侑仁和县委办尹瑞湘背着经纬仪、三脚架、标尺等工具，担负着放样测量任务。经过反复研究，他们严格按照大门坐北朝南、正对交通街这个朝向测量、打桩。

随后，周满森与砖匠、木匠们精心设计了蓝图。经县委领导审定后，按设计图纸准备建筑楼房。茶陵县委机关大楼设计式样是典型的苏式建筑风格，两层砖木结构的楼房，中间高两边低，左右呈中轴对称，平面规矩，回廊宽缓伸展，整体显得庄重宏伟，方正大气。这座大楼就是如今县委大院里成“品”字排列的三座楼房中位于中间的那座大楼。

借鉴“苏式”风格，既表达了对红色文化的一种向往，又向人们展示了茶陵建筑社的集体智慧与能力。

清基砌墙

施工队一边描绘图纸，一边着手清基，即清理基脚或挖基脚。安静了几天的箩箕窝又热闹起来了。在砖匠的指引下，民工先清除表皮，再在指定的范围内开挖。这里的土质坚硬，本来挖个六七十公分就可以了，但因坟多尸骨也多，清基的难度就增大了。按照习俗，凡坟必须清除，尤其是墙基处更有讲究，不能留下哪怕一丁点尸骨，有的地方要挖两三米深，甚至挖了三四米深还不够。

在清基的过程中，还出现过这样一个奇迹：就在大楼后墙东北角第二间（现县妇联办公室）的基脚处，民工们挖出一个墓穴，纷纷去掉棺木、尸骨，清除余泥。不料，下面又有一个墓穴，还得清除，大家继续深挖，取出棺木、尸骨。然而，就在大家觉得终于可以松口气的时候，突然有人大喊一声："哇，下面还有一个坟墓。"大家好奇地围过去观看，果然如此。而且不可思议的是，这三个墓穴埋在同一个位置，又是同一个朝向，一层一层叠起，齐头并列，实属罕见，众人啧啧称奇。显然，这三个坟墓所修年代不一样，但三个生在不同年代的地仙（风水先生）不约而同都看中了这个地方，可见这里真是一块风水宝地。同时，也说明，地仙们的风水观是一脉相承的。

各种准备工作完成后，工程进入全面施工阶段，工地上越来越繁忙了。一辆又一辆装满石灰、红砖、木料、河沙的车，在工地上穿梭。工地上，堆满了各种各样的建筑材料。泡砖、搬砖、和石灰浆、砌墙……各个工序也在有条不紊地进行着。尽管管理人员对工作的难度早有思想准备，但实际上遇到的问题防不胜防，比他们想象的多得多。

比如红砖的浸泡，看似小事，实则费时也费力。由于山上没有池塘，也找不到泉水，连装水的桶也没有。当时正遇到酷暑节气，红砖不经过浸泡，是很难保证质量的。只好采用了一个笨拙的方法，派人去城关建新村借了三个木桶盛水，再组织民工到离工地三百米远的东头水库里挑水。

比如三个村劳动力的协调问题。来多了，浪费劳动力。来少了，岗位缺人，工序脱节。尤其是农忙时节，大家忙于秋收，无暇顾及工程建设，工地甚至出现了一个民工都见不到的现象。为了避免这种现象，管理人员头天晚上就要根据实际的工程量和工序流程，算好第二天所需的劳动力，并连夜赶到一个村去开会，确定民工人数。

比如原材料缺乏的问题。中华人民共和国刚刚成立的那几年，物质极其匮乏，很多建筑材料难以供应。找老百姓去借，老百姓好说话，只要有的都会给。难的是老百姓没有，城里商店也找不到的东西。管理人员曾经为几箱建筑用的圆钉而被折腾得一筹莫展。他们骑着自行车去攸县，没有；再去安仁，也没有。据安仁县委办的同志说，衡阳有，但必须要有县委的介绍信方可多买一些。因茶陵县不隶属衡阳地区，茶陵县委开的介绍信不管用。工作人员只好又骑着自行车去安仁县找熟人开了介绍信，到衡阳才采购到十箱圆钉，而工程也因此停工了四天。

即便是供应充足的生石灰，也会因为工程进度快慢而出现供应脱节现象。有一天傍晚，建筑社社长周满森突然找到管理人员尹瑞湘说：“现在没石灰了，如果还不运来，明天就要停工。”为了不耽误工程进度，尹瑞湘立即骑着自行车到枣市洞头找到合作社社长。当社长知道他就为了几千斤石灰而跑这么远路时，不禁苦笑了。当晚，社长召开群众会议，安排劳动力运石灰。第二天一大清早，二十多位身强力壮的年轻人推着二十多车（土车）的石灰浩浩荡荡地来到了工地，解了燃眉之急。

再比如建材的管理。那时没有围墙，没有工棚，没有保管库，所有建材都堆在工地上，特别是铁丝、马钉、圆钉等紧俏物质，打主意的人多。因此，管理人员每晚都要巡查。夏天还好些，寒冷的冬夜就难受了，北风呼啸，草木在寒风中瑟瑟发抖，若是遇到下雪或冰冻天气，守夜照管材料，更是苦不堪言。但无论怎样，他们每晚都坚持巡视三次以上，确保建材无失。

管理班子虽然是临时组合的，但他们精诚团结，密切配合，认真做好了现场协调工作。他们经常加班加点，哪里施工有困难，哪里就有他们的身影。为了按期完成任务，他们知道时间是宝贵的，无论什么事都会抓紧时间马上去办，绝不拖延，甚至把时间像弹簧一样拉长，一小时顶两小时用，一天顶两天用。他们协调过多少矛盾，做过多少事，帮过多少忙，自己都无法统计。

他们，从不计较谁做得多，谁做得少。人人都抢着做事，争着干活，做劳动的积极分子。

不管是建筑社的工程技术人员、民工，还是管理人员，他们都有高度的责任感，都把建筑工程当作一项政治任务来完成，容不得半点马虎，总是尽心尽力，精益求精。他们总是保持一股炽热的感情，用心用情，冒酷暑，抗严寒，全力以赴，天天出满勤，有时甚至通宵达旦地在工地上奔忙。他们为能把智慧和汗水浇筑在这么一项具有不寻常意义的工程上，深觉自豪。

装修完善

大楼主体工程终于完工了，接下来是装修。同时，机关干部宿舍、机关食堂和厨房、县委办公室干部办公室、门卫、围墙等附属工程也要开始着手建造了。为了加快整体工程进度，管理人员将砖匠、木匠、民工和管理人员分成两队：装修工程队和附属工程建筑队，两队人马各司其职又相互合作，齐头并进。

按照设计规划，机关干部宿舍位于办公大楼东边。县委办干部的办公室、门卫、机关食堂和厨房分别位于办公大楼左前方的东南角、正前方和右前方的西南角，沿着东西方向排列成一条线。

除了门卫和主楼一样同属砖木结构房外，其他都是简易房。何为简易房？就是先用砖砌好墩子，用竹片织成篾搭，再用泥巴将篾搭糊满，里外两面各刷一层石灰浆筑成墙壁，最后在屋顶盖上杉皮就行了。这种房屋简单，造价低，而且冬暖夏凉，住在里面比较舒适，可惜不能经久耐用。大院围墙用红砖与石灰浆砌成，依地形而建，高高低低，所以总体砌得比较高，一般都有五尺高，最高的地方达七尺。围墙砌成，县委大院也就成规模成气势了。

比较起来，装修工程队因在室内作业，不受天气影响，所以进展顺利，速度也快。上上下下的门窗、房间地板，板梯、楼上的走廊等，都是先用桐油打好底子，再用红漆盖面。里里外外的墙壁用石灰刷得白白净净，与大门（门卫）两旁同样整齐白净的简易房辉映一体，大院显得格调高雅又美观大气。

整个一期工程在1957年3月全部如期竣工。

大门左边挂起了一块崭新的牌子，上面书写着“中国共产党湖南省茶陵县委会”几个大字。县委宣传部苏普恩同志又在左右两边围墙上也各书写了四个高一百二十厘米、宽一百八十厘米的大字，合起来就是“将箩箕窝，变花果山”。所有干部职工、城乡居民来到这里，看到这样的大院、大楼，再衬上这样的大字，无不暗暗称奇，拍手称好。

于是，县委机关由解放街茶亭巷搬到新建的办公大楼。没有举行任何仪式，只在三月中旬召开了一个各部、委、办负责人参加的分房会议。组织部、宣传部、监察委员会、机要室等部门在大楼二楼办公，统战部、工交部、农村部、共青团、妇联会、档案室、会计室、文印室等部门在一楼办公。

大楼刚刚落成两个月，也就是1957年5月25日，中共中央书记处书记谭震林，按照毛主席的指示，在湖南省委书记谭余保的陪同下来看望茶陵人民。茶陵县委将他们安住在大楼的二楼。谭震林在此期间，分别召开了工人、农民、居民、转业军人、文教卫生界以及应届高中毕业生座谈会，传达了毛主席的问候，解答了各界人士提出的问题，并在县城三所中学向全体师生做形势报告，表达了毛主席和党中央对茶陵县人民的关切之情。

紧接着，1958年，主楼东西两侧各一栋翼楼建成，分别为县委办公室和从主楼分出去的组织部。1959年，县委办后面一百米处的县委常委楼建成。这几栋依旧是苏式建筑风格，在装饰上，常委楼略有不同，外墙以红色为主色调，砖缝间以白线勾连，基座以数道墙带围绕，加上宽大的半月形窗户，显得典雅和谐、大气坚实。

四座县委办公大楼，是当年茶陵建筑社组建后建造的一座堪称地标式的建筑，也是当年响应国家对手工业社会主义改造工作、组建生产合作社之后的一个辉煌成果。

作为一种特定时代的文化产物“苏式”建筑，又是中华人民共和国成立后茶陵县农村传统工匠从个体走向集体组织后的一个劳动成果，它的存在意义，已经不能简单地看作是一幢幢办公大楼，同时也是作为一种“集体记忆”已经镌刻进茶陵县无数个普普通通劳动者心中。

2013 年，湖南卫视记者采访了八十六岁的茶陵民间大名鼎鼎的泥瓦匠苏梅来。当年，他是县委大院的建筑施工班长，曾带二十多人，参与建筑为时两年多的四栋办公楼。他站在风景优美的大院里，指着主楼前的五角星说：“这个五角星是当时砌房子时做的，现在都要用水泥，原来都是石灰泥浆，但以前是什么样子，现在还是什么样子，没走一点儿样。”

几十多年过去了，不知搬过多少次家，当年做手艺时的一把泥瓦刀、一块托泥板，他用红绸子包着，红绳子系着，一直保存在柜子里，就是舍不得丢掉。他说：“八十六岁了，我就留了这两个东西，这个是刷墙的，这个是砌墙的。”

造花果山

“将篮箕窝，变花果山。”

当初，人们认为孙悟空称王的花果山是世上最美丽的地方，因此把这八个大字书写在新建的县委大院大门围墙两侧，表示要齐心协力把茶陵县委大楼打造成优美的党的指挥中心。同时，也时时提醒一批又一批在此工作的人员，要不断地植树造林，尤其要多种果树，让大院成为名副其实的花果山。

当时，县委各机关单位每周都有一两次集体劳动。为此，团县委牵头组建了县委机关干部参加劳动领导小组，为干部们筹集劳动工具，联络并确定劳动地点和生产项目，其中就包括建设美丽大院这项内容。大院里的干部，个个干劲十足，一心要学习老前辈，决心要依靠自己的力量把庭院建造得漂漂亮亮的。他们四处打听，找良种树木和花草来移栽，栽种板栗、柑橘等果树。从 1958 年起开始绿化，逐步形成分别以松杉、柑橘、板栗树为主的三片小树林。其中，主楼前面以及常委楼前面大部分为柑橘林，主楼后面西北边为松杉林，常委楼右边及后方为板栗林。其余空地也被干部们利用起来，种菜改善伙食。每年岁末，还有一项额外的福利，那就是可以分些柑橘、蔬菜等果实过年。

几年过去了，这里松杉林四季常青，柑橘园花果飘香，板栗园蔚然成荫，各种花草在办公楼前、大路两边随季节次第绽放，各种叫不出名字的鸟儿在树林里叽叽喳喳、飞来飞去，为大院增添了勃勃生机，光秃秃的县委大院果然焕然一新，成为生态宜居福地。

时光无言，岁月不语。如今，六十四年过去了，县委大院依然按照自己的发展轨迹向前发展，它变得丰厚幽深，意蕴隽永，远远超过了当初“将篮箕窝，变花果山”的初衷。当年那一批批人如今都已是耄耋老人了，回忆当年植树情景，禁不住感慨万分。

2013 年，湖南卫视记者采访当年在大院生活过的老人。曾在常委楼做通讯员的刘年德叹息道：“当年亲手栽的树，都这么大了，你说，我对这个院子有没有感情。”

当年县委常委、副县长彭立德，八十五岁的他依然精神矍铄。他指着一棵饱经沧桑的板栗树说：“这个板栗树是当时我们机关干部植的，我也植了，1958 年春。”

一边是颤颤巍巍的老人，一边是古老沧桑的板栗树，人和树一起慢慢变老，情感在时间和青春的消逝中一点点累积起来，越来越醇，越来越深。

前人栽树，后人乘凉。看到或想到这样的画面，一丝丝敬意与感恩之心油然而生。

第三辑 艰苦奋斗的精神不要丢了

简朴的县委大院就像一枚作风活化石，承载着传统的艰苦奋斗精神，驻扎着民生的冷暖关怀，也揭示了一个不变的真理，你离群众有多近，群众就与你有多亲，你将老百姓的冷暖放在心上，老百姓就会把你装进心里。

学习与工作

县委会分别从茶亭巷和洣江中瑶村搬进新建的县委大院后，大家欢聚一堂，结束了之前两处办公人员分散难以集中的现象，各项工作走向了制度化、规范化。

对于那些上了年纪在大院工作、生活过的人来说，那段时光烙印在他们的记忆中，终生难忘。大院里集聚着县委办、组织部、宣传部、纪委等大大小小几十个部门，大家住在一起，统一在食堂吃大灶饭，相互交流，说说笑笑，情谊深厚，融洽得就像一个大家庭，办事十分方便，效率很高。

据原茶陵县委、副县长彭立德回忆，为迅速提高干部素质，增强工作能力，县委决定开展文化补习，当时除在福音堂、工会办开办工农识字班外，还在县委大院内开办扫盲识字班和夜校。夜校分甲乙两班，乙班学识字，甲班学文化。县委院内形成了干部学习的热潮，出现了夫妻、兄弟、姊妹上夜校识字、学文化比赛的盛况。

县委还创办了机关干部业余学校，早晚听课，业余学习。县委大院内的干部每天早上做晨操，操后练唱歌，然后学党建理论、政治经济学以及报纸社论。在提高干部政治素质的同时，按不同人员的工作职责，采取缺什么学什么的办法，传授不同的知识和技能。另外，还将部分同志输送到省市党校、干校学习。如 1957 年农村工作部副部长李金锐、1960 年妇联彭长女等同志被输送到省农大学习。

当时干部下乡时间多，县委除留一两位同志负责日常工作的通知外，其余被分配下基层搞调查、指导工作或办样板点。由于县委院内没有汽车，从县委书记到常委，路程近的以步代车，远的骑自行车或乘公共汽车。可是绝大部分公社又不通公路，大家只好背着行李下基层，住在乡下。平时除了开会很少回机关，即便是逢年过节都是这样。

在常委楼负责接电话、分发通知、接待来客的通讯员，一般很难见到县委领导们。因为他们几乎都下乡去了，常常十天半个月才回来一次，一般是有什么事，开什么会，才回办公楼，而且来去匆匆。

20 世纪 60 年代初，县委为加强对农业生产的组织领导，要求领导、干部、技术人员“三下乡”。县委常委与正副县长，除主管财贸的领导外，其余全部下乡指导农业生产。县委委员丁宗伦、彭立德、苏必盛、罗自清等同志带职带薪分别兼任洣江、桃坑、平水、火田等乡镇的党委书记。抽派五百六十七名干部下乡蹲点，动员三百二十名“三门”干部下乡劳动锻炼。县委办公室搬到洣江中瑶农业社现场办公，大搞水稻、红薯、油菜实验，指导面上工作。

下乡干部坚持和社员同吃、同住、同劳动，他们帮助住户打扫庭院、挑水，参与春耕播种、扯秧莳田、甚至犁田耙田等一系列农活，晴天一身汗，雨天一身泥，不少干部成为农活能手或行家，得到群众热情拥护。基层是一本丰厚的书，群众是一位智慧的老师。在劳动实践中，领导干部不仅增进了与群众血肉联系的感情，又提升了个人素质和工作能力。

中华人民共和国成立之初，县委没有招待所，中央、省、地区的领导都在县委机关食宿，如省里来的谭余保、周里、胡继宗、华国锋以及中央来的肖克、谭震林、王震、胡耀邦、罗瑞卿等领导。他们一般是吃点儿面食加个荤菜或炒一碟鸡蛋，此外都没有特殊照顾过，更谈不上烟酒，上上下下，均无怨言。那时的干部纪律性很强，服从意识强，一经组织决定，没有讨价还价，个人只有服从分配。工作变动时没有欢迎也没有欢送仪式，如1959年副书记梁振云调省委机关工作，很多人不知道，过了几个月还有人找他汇报工作。

常委楼

1965 年 5 月 21 日，一代伟人在常委楼一楼住过一晚，从此给大院增添了神圣的色彩。

早在 1927 年，井冈山革命根据地创建之初，毛泽东曾两次指示工农革命军攻克茶陵县，救出八十多名工农运动骨干，帮助茶陵县组建中共茶陵县委，建立中国第一个红色政权——茶陵县工农兵政府。他在茶陵湖口力挽狂澜，处理了陈皓一伙叛徒，挽救了年幼的工农革命军。他总结工农革命军在茶陵的实践活动经验，提出了工农革命军的三大任务，充分肯定和高度赞扬茶陵人民："茶陵的同志很勇敢，很会打仗，茶陵牛嘛！"（《毛泽东与茶陵》，湖南人民出版社，2006 年 11 月）在革命斗争中，茶陵县有三万余人为国捐躯，培养了二十五位开国将军，成为国内有名的将军之乡。

中华人民共和国成立以后，毛主席始终惦记着革命老区的人民，他曾以各种方式给予老区人民关心、支持和问候。但他还总觉得不够，终于在 1965 年 5 月，他千里来寻故地——重上井冈山，途中第一站就来到了茶陵县。

那天晚上，花香馥郁，蛙声一片，毛主席派人向县委要来了《茶陵州志》，灯火一直亮到深夜。第二天上午，他接见了县委、县政府的领导干部，在楼前和大家合影。之后，毛主席奋笔写下了壮丽的诗篇“久有凌云志，重上井冈山”（《水调歌头·重上井冈山》），永留人间。

五十六年过去了。

岁月仿佛停滞不前，光阴被无限地拉长，县委常委楼凝固在时间的长河里，仍旧是当年20世纪50年代的风貌，红砖青瓦，半圆木窗，木质楼梯，红漆剥落……楼前树林阴翳，亘古的鸟鸣声在空中交织重叠，闪烁着金属般的光芒，天地间静谧得让人恍惚。

大门和二楼半圆形的木窗间，挂着一张木质牌匾，刻有“毛泽东主席在茶陵住室”几个大字，门窗两边镌刻着主席1951年送给茶陵人民的题词“发扬革命传统，争取更大光荣”，牌匾和题词一律红底黄字，与墙上红砖、木窗红漆相互辉映，浑然一体，给这栋苏式建筑平添了几分庄重与威严。

大门入口，屹立着一座铜质毛主席雕像，迎面墙壁上书有“为人民服务”五个大字，彰显着一种严肃而平凡的情怀。大门进去，走廊左边第二间就是毛主席住室。室内一直保留着他当年住过的样子，异常简陋，只有一张两端高低不平的木板床，两把布沙发，一个油漆剥落的老式写字台。另外两间“毛泽东同志在茶陵实践活动”陈列室里，通过实物、照片、文字回忆等形式展示了1927年毛泽东同志领导中国共产党在茶陵建立了革命武装和红色政权（即工农兵政府），惩处叛徒陈皓一伙的“湖口挽澜”事件，以及三十八年后“千里来寻故地”的真情实景，再现毛泽东同志与茶陵人民的情缘。

如今，这里已成为革命传统教育基地，供人们参观与学习。无数的人怀着敬仰的心情来到这里，反复地瞻仰端详，一代伟人的气息、足迹、音容笑貌仿佛还在眼前，触手可及，伟人的风范使得每一个前来参观的游客都静气屏声、步履轻缓。

五十多年过去了，院内树林阴翳，幽静迷人。当年留下伟人足迹的花径还在，楼前见证伟人的樟树、板栗树、竹林已蔚然成荫。特别是楼前十棵高大的银杏树，整整齐齐排列成两行，俊美洒脱，疏朗婀娜。每年小雪时节，金灿灿的树叶，闪烁着太阳一般耀眼的金黄色，在周围深邃凝重的景物衬托下，就像一个金碧辉煌的圣殿。

花池中间矗立着“一挥台”，四周翠柏环绕，台上画像中，毛主席笑容满面、豪情十足。下面印着他重上井冈山时说的一句话：“艰苦奋斗的精神不要丢了，井冈山的革命传统不要丢了。”作为井冈山的重要门户和天然屏障的茶陵县，红色政权从这里启航，这里是他探索中国革命道路的寻路起点，也是见证他为中国革命和建设奋斗终生的“故地”。

大楼前方道路右边的石碑背面，刻录着《水调歌头·重上井冈山》，最后两句是“世上无难事，只要肯登攀”。舒朗俊逸的字迹和宏阔激越的词句，充满着睿智通达的哲思之光和刚毅乐观的人性之美。

在一挥台和石碑之间，亭亭玉立着一株高达六米多的红露珍茶树。树牌标注，这株已沐浴了一百多年阳光雨露的山茶树，原生地在茶陵坑口。1927 年 12 月 25 日，毛泽东率毛泽覃、陈伯钧等人从宁冈茅坪行七十里山路赶赴并夜宿茶陵坑口，正遇满山满坳的红露珍盛开，令他们心旷神怡。1965 年 5 月，县委为迎接毛主席回茶陵县，从坑口精选这株红露珍移栽县委大院，寄托了茶陵人民对毛主席的怀念之情。

茶陵人民何其有幸，县委大院何其有幸，这是中华人民共和国成立后毛主席唯一一次在县城小住。从此这块土地变得神圣而庄严，被人们称为“红楼”。伟人的风骨遗韵浸润着整个大院，空气里有股肃穆而又静谧的氛围，这让每一个来此工作的人员，都感到肩上如泰山般的重担和如履薄冰般的使命。他们说："在这里办公，总有一种庄严的感觉，感觉毛主席在看着我们，人民群众在看着我们。"

>>

榜　样

一

五十六年过去了，历经几十年的老楼，容颜已经陈旧沧桑，屋檐上的木料已老化，青色瓦片参差不齐，甚而漏水。楼内木质手扶楼梯已斑驳陆离，红色油漆木地板早已磨出丝丝木纹，走廊狭窄阴暗，一切简朴狭小，与院外现代化的高楼大厦相比，显得过于落后与简陋。

然而，二十多任县委领导牢记着毛主席的教诲，传承着毛主席那份艰苦朴素的品质，一直“蜗居”于此。但他们在这狭窄的木板楼里，思路并不封闭，行动并不迟缓，谋划了许多与时俱进的重大决策，带领全县人民，发扬“茶陵牛”精神，投入到创造美好生活的建设大潮中，硬是将一个偏僻边远的边界县建设成了交通便捷、产业兴旺的湘赣边区中心县。

茶陵原县委书记杨卫国曾在《别红楼》一文中写道：“多少日子，重如泰山的责任让我食不甘味；多少夜晚，如履薄冰的使命让我辗转反侧。这时候，我仿佛感觉到，当年老人家在红楼里停过的身影远远可见，留下的气息隐隐尚存，他的‘世上无难事，只要肯登攀’的词句在耳边回响，于是，即使窗外寒气凛冽，狂风呼啸，我也便觉得有了温暖、依靠和力量。”

茶陵原县委书记彭新军在《老院子里有新愿景》一文中写道：“历任茶陵县委书记都在这栋楼里办公。每天进进出出，经过大门的时候，我都会下意识地放慢脚步，带着虔诚的心默念大门两侧毛主席的题词，‘发扬革命传统，争取更大光荣’。也许大家不太熟悉这两句题词的来历，这是1951年毛主席托中央人民政府南方根据地访问团送给茶陵人民的鼓励，1959年盖这栋楼时就镌刻上去了。今天，对我们来说，要争取更大光荣，等不来，喊不来，唯有实干，唯有只争朝夕肯登攀。”

在这里，不得不提原县委书记龙秋生同志。他出生于1929年，1979年—1983年担任茶陵县委书记，1984年—1988年任茶陵县委副书记，1992年退休。1976年，龙秋生一家八口人就住在大院左前方的一个老旧车库里，这一住就是十一年，直到1987年才搬离车库。1979年，龙秋生担任县委书记后，县委办负责同志觉得“一把手”住在车库里不体面，拨了七千块钱准备在旁边另盖几间像样一点的房子，被他拒绝了。他说：“体面，不是住上好房子就体面，最大的体面就是把群众生活搞好。”

龙秋生出身于茶陵虎踞一个贫苦农家，读书不多，一路靠实干走上领导岗位。说来很荣幸，我和他是老乡，我家离他家不到五百米远。家乡有人曾经借老乡或亲戚之名，担着豆腐或提着农产品来到县城龙书记家，求他帮忙办事。龙书记每次都热情地接待老乡，留他们吃饭、住宿。饭桌上，当客人开口相求时，他忙说：“吃饭就是吃饭，其他的事不说。”过后，老乡只得老老实实地又把东西带回家。这些事传出来，乡亲们拍手称赞，求他帮忙而未能帮上忙的人也心服口服，因为龙书记确实说到做到，在他任县委书记期间，曾一次把弟弟、把侄女从招工招干的名册上拿下来。女儿出嫁，不请客、不摆酒，不收彩礼、不收红包。

我父亲是一名教师，谈起龙书记时钦佩不已。他说："龙书记文化水平不高，但讲话的水平高，办事的能力强。"有一次，在全县教师大会上讲话，龙书记照着秘书写的材料念，念着念着，觉得不过瘾，干脆脱稿讲话。他说："我们要尊敬老师，大家晓得吗？我们每个人家里都有个祭祀的神龛，神龛上写着五个字，'天地君亲师'，这个'师'就是教师，你们说老师的地位重要不重要？如果说父母生育了人的身体，那么老师就养育了人的心灵，一日为师，终生为父……"他还没说完，台下已经掌声雷动。

龙书记的很多事迹被《湖南日报》《株洲日报》以及腾讯网、红网、湖南文明网等各级媒体报道过。2016 年湖南卫视制作了宣传片《榜样》，片中讲述了 20 世纪 80 年代湖南省一批优秀县委书记、县长为地方发展兢兢业业、鞠躬尽瘁的感人事迹，其中龙书记的故事排在最前面。

比如，八年"大会战"彻底改变了茶陵农业面貌。20 世纪 70 年代，茶陵农业基础薄弱，粮食产量连续多年徘徊不前，农民日子很不好过。为了改变这种落后面貌，从 1973 年开始，县委决定连续八年开展农业"大会战"。龙秋生认为，不能就粮食生产抓粮食生产，必须对全县田、土、山、水、路、电进行统一规划、综合治理，才能夯实农业发展基础条件。于是，他一马当先，每年组织带领五百多名机关干部深入到大队、生产队办点，与群众同吃、同住、同劳动，像钉子一样钉在生产一线。实干，还要巧干。龙秋生大力倡导科学种田，通过土壤改造，把低产田变为高产田；建立四级农科网，推广单季稻改双季稻、间作改连作、稀植改合理密植、劣质稻改良种稻等农业先进科学技术。八年"大会战"，茶陵农业基础落后面貌彻底得到改变。全县粮食平均亩产从 1972 年的七百八十斤提升到 1980 年的一千二百零八斤，总产量增加二点二三亿斤，一跃成为全省粮食高产县之一。

比如，迎接新班子，不留烂摊子。20 世纪 80 年代初，中央要求干部“四化”（革命化、年轻化、知识化和专业化），对各级领导班子进行大规模精简调整，龙书记就在调整之列。按照上级决定，茶陵县委领导班子由十五人精简到九人，减少六人，龙秋生由县委书记调整为县委副书记。新老班子交替之时，茶陵县突发特大洪灾，倒房三万间，早稻七成受淹，三个水库危在旦夕。最险的东坑水库，滑坡一万多平方米，直接关系下游八万多人的性命和两万多亩田地的收成。龙书记把个人去留丢在一边，冒雨到现场，指挥人员打赢抢修水库这场硬仗。他说：“决不能交一个烂摊子给新班子。”

…………

几年前，我曾有幸见到过龙书记。八十多岁的他，身板依然结实硬朗，说话思维清晰，神情亲切祥和，尤其是他坦然诚恳的眼神，让人有如见到亲人般感动。这样的干部，才真正是人民的父母官，让人民群众放心满意的好公仆。

如今，茶陵县成功摘掉了贫困县的帽子，从城市到乡村，都在日新月异地变化着。这离不开改革开放所带来的巨大影响，也离不开一代代如龙书记一样对待工作付出的艰苦奋斗和无私奉献精神。

二

同样，那些默默无闻而又满怀激情的干部们，也是克服困难，挤在常委楼前面的三栋办公楼里和简易房里办公。据原县委办副主任尹列承回忆，1978 年他调入县委办工作时，工作人员每人一间房，办公和住宿都在一起。房里只有一张床，一张桌子，一把椅子，其他所需生活用品都是个人自理。

笔记本、材料纸、墨水、钢笔等办公用具需要去行政科申领。其中笔记本一年两本，上半年一本，下半年一本；材料纸一次只能领一刀，还需把写完的材料纸交给行政科检查；圆珠笔一次只能领一支；墨水一年一瓶，需两人共用。

尹主任说：“我刚到单位，去领墨水，行政科的人问我，你和谁共用一瓶。当时我有点蒙了，僵在那里，不知如何回答是好。这时，旁边一个人说他也没领，我们一起用吧。后来才知道，这个人叫陈建祥。”

那时没有会议室，每次开会就挤在县委办副主任的房里，有的坐凳子，有的坐床上，没有座位了就站着。

记得有一年洪水暴发，洣江、下东乡等洣水河畔的人家纷纷带着家畜和生活用品来到亲戚或朋友家里躲洪水。县委办有好几位干部也住在洣水河畔，他们的家属带着孩子以及七七八八的东西来到大院，一家人挤在一间房里。当时尹主任顺口诌了一首打油诗，生动再现了当时的生活情景。

> 鸡猪狗鸭鹅，砻子斗碗磨；
> 门边水沱沱，走廊冒烟火；
> 间间房里两个婆（两夫妻），
> 吵起架来鬼打锣。

二楼有一间长形的办公室，里面摆了一张桌子，桌上有一部电话，还摆放各种报纸等。没有窗帘，没有凳子，也没有椅子，门口挂着“中共茶陵县委农业学大寨办公室”“县委办综合调研室”等几个牌子。

这几个牌子其实都是一套人马，只有六个人。

谈起往事，尹主任感叹不已："那时真的很苦，老一年（湖南方言：整一年），基本都在下乡，每天马不停蹄，写材料，搞调研，都是一个人做几个人的事……"

有一次，为了贯彻落实森林法并调研情况，他们下到桃坑乡，两个月没回来过。那时候农村没有饭店，干部下乡，必须自带粮票和菜金，在农民家搭伙就餐。按照规定每餐四两粮票，一角二分钱。每到吃饭的时候，大家总爱端着饭碗出来，三五成群，边吃边聊，家长里短、村社新闻、森林救灾等，都是饭场谈论的内容。两个月的时间确实不短，但他们通过与农民同吃、同住、同劳动，几乎爬遍了桃坑所有的山，听到了老百姓的真实想法，了解到了实际情况，拿出了高质量的调研报告。

那时确实很苦，但干部们干劲足。不论是煤油灯的日子或是电灯泡的时代，也不论是手抄稿的报告还是打字机的文章，他们经常加班加点，任劳任怨。

如今，几十年过去了，茶陵县取得了骄人的发展成就，但县委大院的优良传统没有改，办公室内光线依然昏暗，设施依然陈旧。然而我看到那些挤在一起办公的干部们，激情满怀，笑脸舒展得如阳光般灿烂。办公条件的陈旧并没有影响他们的创新精神，办公区域的狭窄并没有影响他们宽广的胸怀。也许，大院的神圣与简朴浸润着他们的气质与内涵，让他们少有私心杂念，远离物欲，变得更加沉稳、淡定和朴实吧。

防空洞

从大门出发，往右按逆时针方向沿着一尘不染的沥青环行道前行，左边是樟树林，右边一排平房，红砖青瓦，分别是茶陵县工商业联合会办公之处。再往前就是最近几年建的县委第三会议室，也是两层苏式建筑风格楼房，红砖青瓦，半圆形木格高窗，古典庄重，与常委楼的风格一致。

环行路从这里转弯往北，左边是县委办公室大楼，右边坡下的树林里，有十几个用砖块砌成的方形小塔，安静地藏在这里，像一双双眼睛，默默地注视着县委大院一草一木，一变一迁。这就是鲜为人知的县委地下防空洞的通风口。通风口上面盖着大理石盖，揭开盖子，洞壁青苔斑斑，里面深不见底。

通风口旁边，只露出半截半圆不锈钢门，隐秘又低调，这是防空洞的一个出入口。踏上两边青石板台阶，一层一层下去，穿过洞门，下到地下三四米远深处，就到了四通八达的防空洞。洞高一点八米，宽一点三米，洞壁四周用砖块砌成。洞内黑暗、潮湿、阴气逼人，不断地有被惊动的蝙蝠从砖缝里冲出，在前面飞来飞去。洞内虽然接了电线和灯泡，间隔不远就有灯光照耀，但是胆子小的人，还是有点发怵，不敢一个人进去。

透过防空洞的通风口，可以望见县委大院无处不在的绿色。

1969 年，全国城市到处都有开挖防空壕，加快三线建设的活动。

据茶陵县历史文化研究会尹烈承回忆，20 世纪 60 年代末 70 年代初，茶陵县积极响应毛主席的号召，县委一百六十多人，无论男女老少，都来这里劳动。大家下班后，负责人就提着锄头在主楼前面的石头上击打，“当、当、当”的撞击声如同开工铃声，大家闻声而动，纷纷操起从下东、思聪乡借来的工具，开始完成规定的任务。这一挖，就是四年。

防空洞分东西、南北两个走向，总长四百余米，可容纳三百人，共设六个洞口，另外五个分别在县委第三会议室、组织部、食堂、毛主席住过的茶居室和农林村。一有紧急情况，大院各处人员迅速从附近入口进洞。里面有三个指挥所，成环形连在一起，设有水井、厨房、卫生间等，只要粮食准备充足，可长期隐蔽于此。

时间一晃，几十多年过去了，防空洞最终成为一场并未如期到来的战争的遗址。当年那些忙碌的身影，火热的劳动场面，笑声、汗水，凝固在岁月深处的通风口，成为那一代人的集体记忆和精神财富。

将军楼和栗园宾馆

沿着主路继续往前走，左边是县委常委楼，右边是密密麻麻的竹林。每逢雨来风去，其声如琴瑟和鸣或丝弦裂帛，这天籁之音往往给行人或散步者意外之喜。竹林中设有石桌石凳，月明星稀的夜晚，与好友相约于此，院外是俗世里的热闹，而竹林里是霓虹灯闪烁下的静谧深邃，即便只是静坐，不说话，也会感到莫名愉悦。

从竹林过去，绕到常委楼后面，环形路右边有几栋后来陆续建起来的房子。由东到西，它们分别是粉墙黑瓦的两层楼房栗园宾馆、新建起来的红砖黑瓦的食堂、裸露着红砖供勤杂人员居住的平房、将军楼、档案馆以及档案馆北面的原为广电局，今为纪委的办公楼。

将军楼就是现在团县委办公的地方。这是一栋红墙黑瓦的高窗平房，四方四正，中部天窗高耸，造型新颖别致。革命战争年代，茶陵县走出的二十多位开国将军，到20世纪70年代末，都到了思乡恋土的年龄，他们或单枪匹马，或携家眷同回，寻根问祖，探亲访友，观光考察。据说他们都不敢住在毛主席住过的地方。为了犒劳这些昔日英雄，县委、县政府征求群众的意见，在松林深处建了这栋房，主要用于接待回乡的老红军、老将军和各级党政要员，因而取名“将军楼”。1985年，为满足接待工作的需要，又在板栗园建了县委招待所，因建在板栗园内，故称为“栗园宾馆”。

无独有偶，二十年后，当初筹建大院主楼的管理班子成员之一的尹瑞湘，又回到县委办行政科，负责县委招待所栗园宾馆的筹建工作。这次的管理比以前稍微轻松些，整个工程由县建筑公司负责，包括建筑材料和建筑工人。当时的县建筑公司很有实力也很有名气，无论是劳动力的组织，还是建筑材料、安全措施和工程质量的管理，都很不错。再加上尹瑞湘同志的精细管理和监督，工程完成后，经建筑工程技术权威机构鉴定，又被确定为优质工程。如今，近四十年过去了，栗园宾馆还坚固如初，仍然可以用来办公或住宿。

在大院工作过的干部中，不少人津津乐道着曾经住在将军楼的中国人民解放军少将、广西军区副政治委员李俭珠同志。李俭珠生于1906年12月，为茶陵县舲舫乡洮水村人。1928年10月参加革命，1929年4月加入中国共产党。1955年被授予少将军衔，获二级八一勋章、二级独立自由勋章、一级解放勋章。

1970年4月，他带着家属回到故乡茶陵县洮水村落户。他带领干部群众开荒、种地、办工厂。不顾年老体弱、腿伤未除，与群众同甘共苦，斗酷暑，战严寒，还拿出自己的部分积蓄资助办事业。经过八年的苦干，全乡改洲造田六百多亩，种植蜜橘四十五亩，开垦荒山一千一百九十八亩，营造杉木林三千四百亩。还兴办了发电站、竹木加工厂、油榨房、石灰厂、陶器厂等。洮水乡不仅摘下了吃返销粮的帽子，还逐年增加了对国家的贡献。

1979年10月11日《人民日报》以“老当益壮，能官能民”为题登载了他在洮水蹲点的事迹和《王震同志给李俭珠的信》。王震在信中指出：“你同家乡公社社员心连心，老当益壮，白首回春，做出了令人感奋和敬佩的劳动业绩。我们党和国家有几十万，近百万四十、

五十、六十岁的干部。如果有几十万干部，真正像你和甘祖昌、喻杰同志那样，回到故乡建设社会主义，以身作则，团结人民群众共同奋斗。这个伟大力量，在一二十年后将会真正显示出来。”

每天傍晚，环形路在档案馆前转而向南，穿过主楼西侧，拐到组织部前面，再绕回到前门。附近的市民接踵而至，院内优美的环境，是休闲、散步或健身的最佳场所。每天中午，大院各机关干部一起在食堂用餐，大家围坐在一起，其乐融融。饭后，也会沿着环形路大院走几圈，春夏秋冬，四季之美，尽收眼底，赏心悦目。

最美县委大院

五十多年来，县委和政府不是没有资金修建新的办公室，而是把有限的资金用于民生改善上。1982年，本来计划在院里盖一栋宿舍楼，解决干部的住房问题，但那年恰逢茶陵县遭遇百年一遇的洪水，全县倒了两万多间民房。当时的县委书记龙秋生和县委班子当即决定停建宿舍楼，将四十万元建房款拿去赈灾。与老旧院子相对应的，是日新月异、焕然一新的茶陵新街和一个个美丽乡村。目前，茶陵县条件最好的地方是学校、医院、居民小区、群众休闲公园。

大院简单朴素的大门，不是高高在上，而是随时面向人民群众敞开。每天不断地有群众进进出出，来来往往。朴实简陋的办公楼，亲切温和的笑脸，“零距离”的交往沟通，让人民群众有如回家般的温暖。清晨和傍晚，附近的市民陆陆续续来到大院，三五成群，在这里散步、聊天、健身，院内弥漫着人与自然、人与社会的和谐之音。

2013年11月5日起，湖南卫视推出系列报道《县委大院》，聚焦一批始建于20世纪五六十年代、至今依然老旧古朴的县委大院，第一个报道的就是茶陵县委大院。一幅幅画面、一个个人物、一句句话语，亲切感人，它唤起了广大干部群众对艰苦奋斗、勤俭节约优良传统的珍视和尊崇。茶陵县委大院，也就成为这片红色热土上靓丽的一道风景，被人誉为“湘东最美办公楼”“最美县委大院”。

节目播到最后，引用了这句话：“日子好过了，艰苦奋斗的精神不要丢了”，无数人掉下了眼泪。古旧的县委大院，穿越历史的沧桑巨变，浓缩了几代共产党人对人民群众的深情厚谊，也凝聚了人民群众对党和政府的信任和信赖。

毛主席在茶陵住室，已成了一种精神的象征。它散发出的精气神将继续影响着一批又一批来此工作的人员。伟人赞赏的“茶陵牛”精神，也将继续鼓舞着一代又一代的茶陵人。

第四辑　森林单位

处在这个繁华地段一隅，又像远在深山老林一样，古朴简单，清幽宁静，静谧悠远，简朴致远。

庭院深深

站在二十五层楼高的金鑫国际小区顶楼，我把镜头对准小区北边两百米远的如森林一般的单位。那里没有高楼大厦，没有白墙红顶的小洋楼，满院子都是高大茂盛的老树，一团团的树叶挤挤挨挨，密密麻麻，几栋砖木结构的两层小楼掩映在树丛里，隐隐露出一截红砖灰瓦，素朴、低调、谦和，又不乏小巧、幽雅和庄严。

大院坐北朝南，与金鑫国际小区隔着热闹繁华的交通街及犀城娱乐中心犀城广场，左右分别为高楼耸立的创信居民小区和老牌的人民医院。大院后方，洣水携着两岸的葱茏绿意在蜿蜒曲回，远远望去，同样绿意葱茏的大院就像是洣水向南伸过来的风光带。

此时大街上人来人往，熙熙攘攘，汽笛声、叫卖声、呼喊声，充溢在七月的犀城，清晰地飘入耳膜，城市的烟火气非常浓郁。而这座大院，就处在这个繁华地段一隅，又像远在深山老林一样，古朴简单，清幽宁静，静谧悠远，简朴致远。

这便是号称“湘东最美县委大院”的茶陵县委大院。

从金鑫国际出发，越过交通街，沿着犀城广场东边一条道路往北约一百五十米的样子，就是茶陵县委大院。首先映入眼帘的是两棵高大的桂花树，繁茂的枝叶在空中交叉成迎接之势，仿如两棵迎客树。

大门的设计比较简单，大门由东西各一圆形门柱承载椭圆形的门顶而成，两边门柱各开一半圆形小门，分别连接着两间平房，东边为保安室，西边为县委打印室。整体显得朴实、大气和稳重，正好与院内苏式建筑风格楼房的朴实庄重相照应，达到和谐统一的效果。

大院占地面积一百一十亩，分办公、后勤、健身、休闲、地下人防五个功能区，是县委机关办公及群众健身休闲之所。我不熟悉它的时候，只觉庭院深深，曲径通幽，谜一样盘桓。十多年过去了，又觉它很小，小到仿佛几步即可从前面到达后门。

院内只有一条沥青环行路，从前门向右出发，绕大院一圈，又回到大门口。主路环绕处，树圃花园中，又有数条小径，蜿蜒曲折，四通八达。

站在门口纵观大院，只觉空间开阔，树木丛生，庭院深不可测。正对大门约一百米处的是修建于 1957 年的主楼。主楼后面当年盖大院时栽下的松树已高过楼顶，郁郁葱葱，与前面的樟树、桂花树成包围之势，只露出主楼中间高耸部分，衬得白色墙壁上五颗红五星格外耀眼，光芒万丈。据当初建楼者说，五角星是建楼时用石灰泥浆做成，如今六十五年过去了，依然如初。

主楼与前门正中的位置，高耸着一根旗杆，三者正处于南北中轴线上。旗杆上高高飘扬的五星红旗，与主楼红五星、大门顶楼上红、黄、绿等各色旗帜，彼此辉映，营造着欢乐喜庆、祥和庄严的氛围。每年国庆节或春节等重大节日，县委都要举行隆重的升国旗仪式，致以美好的祝愿和崇高敬意。届时大院全体机关干部按单位整队，一起肃立于旗杆下，在雄壮的国歌声中，向冉冉升起的五星红旗行注目礼。

从大门步行至旗杆处，透过枝枝叶叶，隐隐约约看清主楼以及两侧的翼楼，一律红砖青瓦，竖长高窗。主楼现在是县纪委、宣传部、政法委、统战部、妇联的办公室，东西两侧翼楼建于1958年，现在分别是县委办公室和县委组织部的办公驻地。三楼成“品”字排列，呈腾飞之势，寓意着茶陵人民在中国共产党的领导下，团结一心，为建设社会主义现代化强国而不懈奋斗的精神和力量。

与简陋古朴的办公大楼相对应的是院内郁郁葱葱的树木，如亭似盖，种类繁多。大院宣传栏里介绍院内植物有翠竹、银杏、罗汉松、红豆杉、山茶花、香樟、檀木、楠木等六十余种。可惜自身植物学素养有限，在大院工作了十二年，至今未能认全。好在有相当一部分的树木都挂有树牌，标注着树名、树龄、特征等，让人们在散步时就能获取植物的知识。

在园林设计上，前院与后院各有特色，凝结了几代管理者的智慧和力量。

前院树木、花圃、假山、池沼等都是沿大门、旗杆、主楼这条南北中轴线对称展现，开阔美观，整齐有序，这也与大院的庄严静穆基调相吻合。与前院的规整对称相比，后院的园林设计则显得随意自然些。

树　圃

从大门到旗杆，东西两边依次是两棵高大的桂花树、八兜被修整成圆形的刀脂木、两棵宝塔似的云松和两棵古老的大樟树，对称工整又疏朗有致，彰显仪式感和层次感。

东西两边的女贞树又分别以阅兵式的样式各围成一个长方形树圃，以樟树为主，杂以紫薇、山茶、仪花树等。花时不同的多种花树相杂，一年四季，蓊蓊郁郁，鲜花常开。其中，有好几棵上百年的参天大树，需几个人才能合抱。有一棵樟树从树兜开始分支，枝枝丫丫分开去，对称整齐，高高地伸向空中，伸向那绿云流转之间，如巨大的白菜，蔚为壮观。旁边的树木，簇拥在它周围，如它领土下的子民。

人类在改造小灌木方面体现了无穷的想象力和惊人的才华，按照实际需要修剪成各种形状，既有绿化作用又具观赏价值，像小路两边的女贞树、圆形的紫荆树、集中成三角形的四季桂等。而且它们的高度适宜，无需像站在樟树下那样仰视，也不用俯下身来细瞧。每次漫不经心地从它们身边经过时，随意间就欣赏到它们的美。它们不仅千姿百态，而且还散发着芬芳的香气。即便是寒冷的冬天，凛凛的空气里也飘荡着丝丝的桂花香，令人心情格外愉悦。

花带树圃之间，蜿蜒着鹅卵石铺成的小道，沿着小道穿梭在树丛里，看似随意却富有走势韵律，别有一番风味，其中对称美也是一种讲究。

几年前的一个植树节，院子里所有工作人员都出动了，在大院前前后后的花圃、树林里植下一株株山茶树。树的种类较多，有贝拉大玫瑰、迷彩雅、闪烁、大菲丽丝、鹤顶红等，红色、黄色、白色、粉红色、红白色、金色、紫色等各种颜色，可谓姹紫嫣红。山茶树从头年的 12 月开花，一直开到次年春末，成为院子里一道亮丽的风景。

有一年春天，我被一株山茶树吸引住了。不到两尺高的身躯上，却开了近二十朵山茶花。一朵一朵碗口大的山茶花，开得正艳，紧密地排列在树枝上，遮盖了山茶树小小的身躯。花色鲜红，红得深不可测。这么多鲜红圆润的颜色聚在一起，有种夺人心魄的美。

有一瞬间，我疑心这是人工做成的花树，插在这里起装饰作用，因为它确实太引人注目了，美得有点儿假。然而，它是真实的，那鲜红的花朵和空隙间的几片绿叶，都说明是活生生的树。它小小的身躯仿佛把所有的力量都集中在一起，拼尽一生，只为专注开花，展示它的绝世容颜。

记得那时天空飘着细雨，桃花、樱花、梨花都已开过了。樟树旧叶已落尽，换了一身新，块块翡翠舒展着，伸向天空，遮天蔽日；周围的四季桂、栀子树仰着油亮澄碧的叶子，整整齐齐地排列在小路两旁；地面上，各种草儿渐渐长齐，与空中的绿叶辉映一体。在满院深深浅浅的绿中，这一棵开满山茶花的树，尤为夺人眼目。

我蹲下去仔细地端详着，不禁更加惊异。那一朵朵的山茶花，竟然开得这样认真，这样细致。层层叠叠的花瓣，线条精致柔美，圆润高雅，像美玉精雕细刻而成，又有丝绸般的滑腻。点点雨滴粘在花瓣上，更加丰润欲滴。

难怪席慕容每次看到山茶花，都不能无视地走过。而每走过一棵开花的树，不得不对屏息于生命的美丽感到惊讶。因为那温润的花朵，从青绿的小芽开始，到越来越饱满、慢慢绽放、将圆、满圆，都是极为小心，绝不错过每一个环节。满树的花儿，精心不乱，没有一朵或一片开错了的。

茶树的枝丫间，还有很多含苞欲放的山茶花，像调皮的顽童，探出颗颗小脑袋。“雪里开花到春晚，世间耐久孰如君。”山茶花从去年冬天开始孕育开花，一直开到现在，还开得如火如荼，这样不畏霜冻雨雪、顽强持久的生命力，实属少见。

茶树的下方，有几朵茶花开始枯萎了。花瓣由外到内，一片一片慢慢萎去直到全部枯萎，还紧紧依偎在一起，紧紧地贴在树枝上，久久不肯掉下来，哪怕是掉下来了，也是整朵的花。生命黯然消失的过程，也是如此小心翼翼，恋恋不舍。

前院池塘

主楼前面半圆形的池沼体现着对称之美。一条微拱的水泥桥梁从止中连接主楼与旗杆，两边花树依次是红柽木、石榴、梅花、梨花、樱花、杜鹃、罗汉松等。每年春寒料峭时，最早开花的是红梅，冷气凛凛中，一树彤霞，暗香浮动，逗引得蜂子流连忘返。接着樱花开了，樱花一开，春天来了，满院姹紫嫣红。站在院内，随便一抬眼，一团团紫红，一簇簇雪白，一串串粉红，笑吟吟，嘻哈哈地瞧着你。春天就是这样，初始躲躲藏藏，惊惊乍乍，隐秘得像一场暗恋，然而满腔的情义终是掩饰不住，呼啦啦潮水般来了。爱就爱了吧，有什么好隐藏的，一期一会，爱就爱个轰轰烈烈。

看那一树的樱花，那样纯洁晶莹，仿佛不食人间烟火的仙子。微带粉红的花瓣，艳丽得逼人眼目，仿佛为了这一季，不顾一切，拼着一生的力气，把一生的能量全部绽放出来了，让人震撼眩晕。樱花的绚烂之时也是凋零之时，给世人留下怅然和凄美。

好多人喜爱樱花，大约爱的就是樱花的这种怒放和短暂，愿生如樱花之灿烂，死如秋叶之静美。用樱花来比喻爱情，也是妥帖的，樱花花语有种说法就是一生一世只爱你。每当花开时，便是世间最纯美最笃定誓言的绽放。这个世上，有了樱花，不知增添了多少色彩和美丽。

和樱花一样惊心动魄的，还有红桎木花。它的花形有点像菊花，但花瓣没有菊花大，也没有菊花艳丽。红桎木也许意识到这点，既然单株的不打眼，那就百株千株树，千片万片紫红，汇聚一起，形成一种气势，像燃烧的火焰，夺人眼目。与樱花的仙气不同，红桎木是入俗的。它的生命力很强，开在野外，有种天然原始的美。移至园内，被修剪成球形、灯笼形、伞形、方块形、条形，或被做成灌木甸，不管你如何摆弄它，它一样入乡随俗，开得热烈而绚烂。

让大家惊异的是，桥两边的红桎木都是一株树上呈现红白双色的花，又美丽又妖娆，这让我们不得不佩服园丁们高超的嫁接能力。他们手里的剪刀像魔术刀，随时可以把植物变成想要的样子。到深秋，红桎木叶彻底红了，红得热烈、深邃、剔透，令人如痴如醉。园林设计者把双色红桎木植在工作人员每天必经的池塘桥头处，足见对它的推崇。

不久，如赶趟儿似的，梨花谢了杜鹃开，杜鹃谢了石榴开，一花接一花，姹紫嫣红。

石榴花刚开的时候，我总觉得有点儿俗。一大朵一大朵的，火红火红，红得有点儿假，有点儿不自然。就像人工用的大红色皱纹纸折叠成挂在人胸前的大红花，那颜色、花形，那花瓣表面的波纹，都是相似的。石榴树叶密密麻麻，嫩绿油碧。火红色的花，东一朵西一朵嵌在碧绿的枝顶或叶腋下，大红配大绿，这是现代人最忌讳的穿着打扮。

每次下班上班经过池塘边，看到石榴花，都要笑一笑。它的旁边，有曾经暗香盈袖、巧笑倩兮的梅花，有曾经洁白轻盈、仙气十足的樱花，有桃之夭夭、灼灼其华的桃花……它们在春天争奇斗艳，赢得无数行人游者驻足赞叹。

不过石榴花的心态蛮好，不卑不亢，不急不忙，不惊不乍，等到春光逝去，等到花事阑珊，才在密密的枝叶间孕育花蕊，先是燃星点点、红如着火，继而大朵大红、耀于枝头。真可谓，人间五月芳菲尽，犹有红玉燃翠枝。

石榴花开的最旺的时候，大朵大朵的花挂在枝头，落在地上、水里，倒映在池塘里，“花落水流红，闲愁万种”，别有一番韵味。它的花期也很长，从初夏开始，到秋天，再到冬天，一路开，一路落，再开，再落，直到院子里万木萧索，它还在稀稀疏疏的树叶间，开出一两朵火红的小花，在北风中瑟瑟颤抖。

它就是这个样子，按照自身的习性，管你东西南北风，独自向虚空开放。它俗得有气质，有个性，大气坦荡充满喜庆之美。就像那些生命力极其旺盛的劳动妇女，不管命运如何，都会用一颗朴素、实在、坚韧的心，让生活充满阳光，让人间充满热爱。那气势，那韧劲，不容轻视，也不能轻视。它的大俗即大雅大美，能把大俗变成大雅大美的，也只有石榴花了，它有这个能耐。

石榴花的这些特点，正暗合了中国古老文化的审美意识和审美心理，石榴花深得中国人的喜爱。它花色艳丽，满树红火，跃在枝上如灯笼般的形状，喜庆吉祥，象征中国人希望的那种红红火火、多子多福的繁荣美好生活。所以，很多中国人都喜欢在自家庭院里种植一两棵石榴，以祈求生活如石榴花般红火。

池沼边沿皆用不规则石头堆砌而成，春末夏初，蛙声响起，此起彼伏。到黄昏，蛙声如雷，连成一片，如一支庞大的乐队。若是月明人静之夜，坐于石上，用心谛听，蛙声如鼓，更是胜于天籁。每逢下雨，蛙鸣尤甚，院子里热闹非凡。

池沼里游动着金鱼和各色鲤鱼，夏秋季节碗莲或睡莲开了，鱼戏莲叶间，又是入画的一景。行人驻足观赏时，可以尽情享受柳宗元那种“佁然不动，俶尔远逝，往来翕忽，似与游者相乐”的单纯快乐。

假山绿树、花卉池沼、小桥卧波，映衬着红墙黛瓦，每一处都体现出东方造园艺术的浪漫，以及江南独特的文艺气息。无论哪个季节，站在哪个地方，眼前都充满了诗情画意之美，让人沉醉于此而流连忘返。

楼前的桂花树

主楼前依次排列着五棵当年栽下的桂花树，如今枝叶繁茂，树冠庞大，高过楼顶，与大门前后同时期栽下的四棵桂花树遥相呼应，成为院内一大风景。

每逢国庆节前后，桂花开了，那真是大院里一个盛大的节日。

桂花要开的时候，我便每天都去楼前桂花树下溜达，看那米粒似的花苞，隐在油亮墨绿的叶子间，秘密地，羞涩地，却又是欢欣鼓舞地，酝酿着这场花事。此时，闻不到花香，但早已有几只蜜蜂，埋头在此忙忙碌碌。

过了两天，那花苞渐渐膨胀，都能听到它们内心的呐喊了。一切准备就绪，一颗花苞炸开了，紧接着满树的花苞“啪啦啪啦”地炸开了，四片花瓣慢慢张开，露出黄色的花蕊。那花香，便如潮水一样，浩浩荡荡，涌向四面八方，渗透到空气里，追着人们跑啊跑。

在院子里来来往往的人，闻到花香，心中一喜，哦，桂花开了。四处寻觅，人们才发现，满树鹅黄色的花儿团团簇簇地挤在一起，在澄碧的叶子间，狡黠地朝人们微笑。人们对着一簇簇桂花，张开鼻翼，深深一吸，香甜的味道充满鼻翼，沁人心脾，花香持久，整个人感觉都是香甜的了。

“何须浅碧深红色，自是花中第一流。”没有哪一种香，能像桂花这样，香得如此彻底而纯粹，如此浓郁而不腻人。“桂子月中落，天香云外飘。”如果不是从月中来，桂花的香为何如此浓郁，如此芬芳。小小的花心里似乎蕴藏着神秘的魔力。

其实，用不着特意赶来对着桂花嗅，整个空中都是香的海洋。风里飘荡着它的香，阳光里弥漫着它的味道，草木上留存着它的香，门窗上也带着它的香。风带着花香向更远的地方飘去，有多远呢？有歌词为证：桂花开了，十里八里闻得到。

桂花开的日子里，院子里无论是生活还是工作，都是一种享受和满足。“一枝淡贮书窗下，人与花心各自香。”诗人在芬芳的桂花香里安静地读书，呼吸的是芬芳，读到的也是散发馨香的文字。此时，人、书香、桂花香，三者融为一体，诗人也如桂花一样散发着幸福愉悦的芬芳。

桂花盛开两天后，开始落花了，这就是俗话说的“桂花雨”。“疑是月娥天上醉，戏把黄云挼碎。”仿佛月中嫦娥赴蟠桃宴，醉酒把黄云搓碎，撒向人间。这些黄云就变成了眼前金灿灿的桂花，散发着幽香，飘落下来，成了“桂花雨”。

那段时间，每天中午从楼前经过，都会看到干干净净的水泥地面上，形成一个一个黄色的大圆圈。有同事在地面摊开几张纸，收拢落花做桂花糕吃，估计吃起来唇齿生香；或者阴干后泡开水喝，直接把香喝下去。桂花味辛，性温，能舒缓紧张情绪，经常饮用，可净化身心、平衡神经系统，达到提神的作用。此外，还具有抗癌、清热解毒、祛风散寒、润脾醒胃、减肥的功效。还有人把桂花在盐水里撸下，晾干，浸在蜂蜜里再泡开水喝。只听过桂花蜂蜜，没想到桂花还可以直接和着蜂蜜吃。吸天地灵气于一身的桂花，无论怎样吃，都会为身心添香。

而我呢，清晨或黄昏时分，总是喜欢站在桂花树下，或拿凳子坐于树下识香，任簌簌落下的花沾在头发或衣襟上，悉心体味千年前那个人“人闲桂花落，夜静春山空”的闲情。静谧的夜里，细细碎碎的桂花从密密丛丛的绿叶间悠悠落下来，如精灵一般，飘飘忽忽，轻灵淡雅。这花也许落在地上，也许落在那个人的衣襟上，空气里飘着桂花丝丝的芬芳。而那个人或坐或立或悠闲地漫步着，不管采取怎样的姿势，必定有着一颗不受外界侵扰的宁静之心，才能觉察到这细微而无声的花落。

那是怎样一种宁静喜悦的境界呀！当一个人，保持一份纯净洁白的心态，身心纯净地接近大自然，就能体会到事物的内涵和外美，这是一种深层次的愉悦与满足。

果树林

沿着主楼东边一条小道往北前行，就到了后院。

这里又分为三条小路，东边通往县委常委楼，西边通往主楼后的松杉林，中间下坡经过板栗林、篮球场，到达沥青环行大道。大道过去，又分两路，一路进入食堂，一路下坡通向后门。

县委办公室后面，十几棵上百年的老樟树，枝丫撑开着像一把把巨大的绿伞，葳蕤挺拔，守卫着大院。树下原本是当年盖大院时植下的柑橘林，现在已荡然无存。映入眼帘的是鹅卵石子路围绕成的各种形状的花圃，紧挨地面的有麦冬、龙柏、面包、红桎木、女贞等灌木，又有铁树、杨梅树、枇杷树、樱花树等间杂其间。高树与低树参差错落，俯仰生姿；墨绿、蓝绿、碧绿、翠绿、青绿等相叠一起，层次繁多而景致颇深。

每天都有人从这里经过，但很少有人注意到这里的果树，比如杨梅树和枇杷树。在物质丰裕的今天，无论大人还是孩子，面对路边或公园里的果树，采摘的欲望越来越少了。城里如是，乡下也一样。秋冬时节，村前屋后的树上，挂着的柚子、橙子，黄橙橙地很亮眼。没人吃也无人采摘，就一直让它们挂着，直到寒冬腊月。这时候的果树，观赏已上升到了第一位置。

去年初夏，我才注意到这棵枇杷树。那是一个天气晴好的中午，午餐后我经过这里，看见院子里几位女同事正围在树下采摘枇杷。那时枇杷大部分还处在青涩状态，她们要选那些又大又黄早熟的摘。她们有的站在凳子上，有的扶着凳子上的人，有的双手捧着摘下来的果实，喊着，叫着，像在玩一场很有趣的游戏。那一天，我也参与了这个游戏，并尝了几颗枇杷，味道很不错，酸度适中，甜度也醇厚得有劲道，令人回味。于是吃了一颗又一颗。

我先前只知道枇杷是最好的治疗咳嗽的药，也听过不少人说枇杷有清热、润肺的功效。但没想到枇杷还有助消化的作用，常年困扰我肠胃的问题解决了，枇杷实在是一种很好的水果。此后，每天午餐后，我都要来到树下，摘下隔天又熟了的枇杷。树木在大自然生存中有自己的智慧，在果实未熟时，以味道生涩保护自己；果实成熟时，则释放出乙烯，催熟其他果子，从而引来动物采摘果实，传播它们的种子。几天后，大部分枇杷都熟了。我在摘枇杷时，几只鸟在空中叽叽喳喳大叫着，着急地从一棵树飞到另一棵树，仿佛我在偷摘属于它们的果实。我摘完后迅速离开，让树和鸟儿又回到自然的和谐共处状态。

有天中午，我在摘枇杷时，一位园工走过来帮着我摘了不少，我们坐在一棵大樟树下的石头上，一起享用。五月的风一阵一阵地拂过来，很凉爽，我们把吃剩的枇杷皮和核扔在树下，招来了蚂蚁和一些不知名的虫子。她说，院子里还有两棵枇杷树，在篮球场边和栗园宾馆那里，味道更好，刚成熟就被园工们采摘完了。

我自始至终没有尝过那两棵树上的枇杷，但我觉得这棵树上的枇杷已经够好吃了，它用所禀的天地气机，来平衡我体内五行，让我失常的气机恢复正常。我对这棵树也有了特别的感情。

那个初夏，我以为会有好一些日子让我享用到新鲜的枇杷。但是，一天中午，当我去食堂的路上，突然看见一位穿着白色上衣的瘦小男人，爬到枇杷树上正在拽下一根根树枝摘枇杷时，这个想法落空了。他几乎摘下了树上所有的枇杷，不管成熟的还是没成熟的。这么小的一棵树，竟然能承受一个人的体重，我惊叹着枇杷树枝的柔韧性。

午餐回来后，那个人已经在树下整理他的“战果”，红红黄黄青青一大堆，被他装在早已准备好的布袋里。他说准备用这些枇杷制作枇杷膏。

采摘一空的枇杷树，树枝还保留着被攀扯下来的痕迹，耷拉着，仿佛一只耷拉着翅膀的巨鸟。好在枇杷树的自我修复能力很强，一天天地在还原着。只是有被折断的树枝横在枝丫间。到第二年，丰茂的树叶才勉强把它遮盖住了。

《淮南子·说林训》言：“食其食者，不毁其器；食其实者，不折其枝。”意思是吃了盘中的食物，不要毁坏餐具；吃了树上的果实，不要折断树枝。比喻不忘恩德。人类在采摘树上的果实时，却经常会犯这样的错误，弄得满地都是残枝败叶，毫不顾及果树的感受。

枇杷结果后，多汁的杨梅该登场了。可是县委办后面的两棵杨梅树光长个子，不结果。或许是光照不足，楼房和旁边高大的樟树遮住了阳光。或许是施肥太多，只会纵向长个，不会横向长叶，不利于结果。不过无论是结果还是不结果，一年四季郁郁葱葱的杨梅树给人的感觉总是欢欣鼓舞的。

后来我咨询一位正在红豆杉林修剪的园工，他说那两棵杨梅树都是雄树，只开花不结果。大多数的杨梅树都是雌雄异株，要是一群雌树没有雄树在里面，也会出现杨梅开花，但是不结果的现象。我很疑惑，那植树时为什么不考虑雌雄呢？当初都是幼苗，雌雄形态都是一样的，无法辨认。

或许植树者根本就没考虑过雌雄，只在意杨梅树的观赏价值吧。

银杏林

东边的常委楼前高树林立，浓荫匝地，十棵几十米高的银杏树夹以板栗、竹子、樟树等，掩映着红墙黛瓦、半圆高窗，画面小巧精致，清幽宁静。纪念毛主席曾在此留宿一晚的人文景观如门口题词“发扬革命传统，争取更大光荣”、刻录着《水调歌头·重上井冈山》的石碑、一挥台等，为之添上几分庄严气息。

到冬天，金黄的银杏叶把楼房衬得超凡脱俗，古朴高远。

准确地说，应该是每年的小雪时节，银杏树叶从淡黄到深黄再到纯黄。那种黄，仿佛是用纯金精细打造而成，不掺杂任何杂质，在院子里万木一派萧索之色的衬托下，银杏林就像一个金碧辉煌的圣殿，格外耀眼夺目。

沿着一条鹅卵石小道走进这个圣殿，只觉全身清爽。满目金色金阳，闪金烁玉，美丽、纯粹、高贵。十棵高大的银杏树，俊美洒脱。株干笔直，向上舒展；枝条蓬勃，彼此交叉，错落有致。抬眼望去，望着望着，那枝枝杈杈仿佛是无数的芭蕾舞女跳着交叉的炫舞，连空气里都流动着浪漫婉约的情致。

银杏的叶子真是少见的精致，非常可人。页面光滑细腻，叶脉清晰精巧，边缘花式，如同无数的扇坠儿。“叶卧枝头栖息影。”扇形的叶子像无数的蝴蝶，安卧在挺拔的枝干上，颤颤巍巍的，仿佛随时都会飞走。

微风吹过，金叶摇曳，环佩叮咚，又似婀娜的舞女们在窃窃私语，然后像商量好似的，一片接一片随风翩跹起舞，分外优雅。满地的银杏叶，静静地闪耀着太阳的颜色，柔美得让人不忍心踩踏。俯身细瞧，每一片叶子都平展滑腻如初，没一点皱褶和扭曲，有种超然物外的平静与豁达。

美丽的银杏叶深受古人喜爱，曾作为传递友情的信物。因银杏叶有着长长的叶柄，如果将叶柄与叶面成直角折一下，就好像一只步履蹒跚的鸭脚，古人便给银杏起了个形象的名字，“鸭脚树”或“鸭掌树”。北宋词人梅尧臣《酬永叔谢予银杏》诗云：“去年我何有，鸭脚赠远人。人将比鹅毛，贵多不贵珍。……何用报珠玉，千里来殷勤。”欧阳修收到梅尧臣寄赠的鸭脚（银杏叶），感而赋诗，“鹅毛赠千里，所重以其人，鸭脚虽百个，得之诚可珍。”

身姿俊美洒脱，叶子诗意盎然，再赋予了纯金之黄，银杏树像一个修行极好的人，散发着纯净、安详、平和、宁静的磁场，用完美、纯善之词也不足以形容它的神韵。美好的事物总有一种净化作用，在它身边待久了，能过滤人的思绪，净化人的心灵，一颗浮躁的心瞬间回归沉静。难怪郭沫若就曾赞誉银杏为“东方的圣者”“美德像音乐一样洋溢八荒”。

从树牌上的说明得知，这里的银杏树植于 1962 年，整整齐齐排列在楼前大道两侧。三年后，一代伟人毛泽东主席重上井冈山，在常委楼住过一晚。如今，五十多年过去了，银杏树已长成三四层楼高了，毛主席住过的地方也成为革命传统教育基地，供人们参观与学习。银杏树形体的高大巍峨，正好衬托了常委楼的庄严，整体的素雅圣洁也融合了毛泽东主席在茶陵住室的神圣，这种奇妙的效果，大概也是当年植树者的初衷吧。

银杏树是中国的古老树种，最早出现在三亿年前的石炭纪，因生长缓慢，又百折不挠，能活几百上千年之久，被人们称为植物界的“活化石”。相对来说，五十多年的银杏树还处在青涩的青少年时期，未来，它将一步一步走向它的黄金时期。

银杏树下，设有各种健身器材，金黄的银杏树叶为它们营造了一个纯美的世界。来此健身或散步休闲的人们，都喜欢拍照留念。不论从哪个角度取景，都是一幅意境幽美的画。

有一年冬天，我去银杏林捡拾了几片银杏叶，夹在书页里做了几枚精美的书签。那树叶，至今平展滑腻如初，点点青斑舒朗其中，散发着一种生命的清香。这是被时光之手精雕细琢的心叶，蕴藏着不可捉摸的神秘和奥妙。把它夹在书中，感觉我的书和这段光阴也浸染了神圣之光。

栗树林

一

沿着西边一条小道前行，即是当年栽下的松杉林。这里在设计上更倾向于顺应自然，返璞归真。人工痕迹也只有一两条弯弯曲曲的鹅卵石子路和一座凉亭，地面是裸露的黄泥巴土，伴以稀疏的几丛杂草，自然，随意，闲适。

在主楼和县委办公室这栋翼楼办公的干部，一般都会沿着中间这条小路通过板栗园去食堂用餐。当年栽下的板栗树，分布在篮球场、常委楼、食堂和栗宾馆四周，几年后，枝繁叶茂，开花结果，逐渐成规模和气势。每年板栗成熟时节，遇到刮大风的晚上，第二天可以捡到十多斤板栗。

20 世纪 70 年代末，原县委书记万晓阳的女儿、《株洲日报》主编、株洲市作协主席万宁小时候在大院住过。十多年后，板栗林已经蔚然成荫。万宁在《大院生活》一文中深情地写道：

> 我对板栗林的记忆是美妙的，因为在此后的岁月里，我再也没有吃过那么好的板栗。板栗林的茂密，是下雨的时候

淋不到雨，出太阳的时候见不到阳光。泥土上是厚厚的落叶，石块上是绿绿的青苔。我家有一条小路可以到将军楼，但要穿过整个板栗林。秋天的时候，树上的毛球被太阳晒干，噼啪的响声在树林里欢唱，此起彼伏。一颗颗饱满的板栗从毛球里蹦出来，不小心，还会砸到脑壳。每每从小路走过，我衣裤的四个口袋便是沉甸甸的。

在这个季节，我有很多借口往返板栗林。去常委楼叫父亲回家吃饭，去板栗林水塔前洗衣或是挑水，因为我家门前的自来水常常停水。林子真的很大，风在林子间四处激荡，我站在洗衣台前看着整个树林的树枝摇曳，声势浩大，我想林涛就是这个样子的。野猫在林间乱窜，鸟儿张皇失措。林子里有几个巨大的石块，是钢筋水泥筑造，他们说那是个碉堡，这片林子曾经是个战场，仔细搜寻，战场的壕沟依稀可见。一个人待在林子里，绝对是有些惊悚的，可是，我在那个时候，居然不懂得怕，还很享受。

在斑驳的阳光里，我像兔子一样竖起耳朵，听板栗毛球爆裂的声音。我随着声音四处奔跑，因为在有声响的地方，我便能捡到才从毛球里蹦出来的板栗，它们闪着油亮的光泽，躺在草地上，滚在树叶下。我沉迷于这种游戏。我好像并不怎么吃，只是把捡来的板栗存放在一个木抽屉里，并象征性地落上一把锁。锁是别人废弃的。

这段文字把板栗林描述得繁茂又有趣，丰富又神秘。那种密的不透风的叶子、声势浩大的绿涛、地面厚厚的落叶、石块上的青苔斑斑、噼啪的响声、惊起的群鸟，是一道道迷人的风景，让人怀念而向往。

二

如今，站在这条小路上，我无法想象当年板栗林的样子。小路的北边，因建栗园宾馆砍掉了一部分板栗树；小路西边，原来就是板栗林，后因一场特大冰雪灾害，摧毁了不少板栗树，又种植了一段时间的柑橘林，一些空地也被院子里的干部用来种菜，现在又成为大院的篮球场。板栗树少了很多，稀稀疏疏，栗园已然徒有虚名。

剩下不多的板栗树，都上了年纪，东歪着，西斜着，像一个个饱经风霜的流浪汉。枝干粗糙无光，满布青苔，树皮裂缝，揭示着沧桑岁月。枝丫的生长率性得很，没有规则可循，不按常理出牌，透着山村荒野气息，让人无拘无束，身心放松，仿佛回到童年时光。

每年五月，院子里充溢着板栗树的花香。风从敞开的窗户，携着花香一阵一阵闯荡进来，绵绵密密占据了室内的每个角落。那气息浓，酽，腥，带有“青”味，就像那花的颜色，绿得发青，青得泛黄——颜色也是有气息的。若是雨天，那气息更加浓郁，凝聚在湿漉漉的空气里久久不散，仿如一个睡眼惺忪的人，眼睛睁呀睁不开，还呵欠连连。

板栗花的这个香味却是蚊虫的克星。从前人们喜欢把一根一根的板栗花穗编成长辫，晒干后，当“蚊香”用。拿一辫点燃，缕缕的青烟透着一股特殊的清香，可以驱逐蚊虫。

板栗花和樟树花一样，和叶子的颜色接近，披散在树冠四周，低调内敛，如果不仔细看，还以为是新长出来的叶子。板栗花的形状也很特别，一根一根毛茸茸的。板栗花密布在树冠上，远远望过去，板栗树像一个很潮的人，顶着新做的发型，浪漫又时尚。

板栗花的花期很短，刚开满就大把大把落下，毫无怜惜之情。那段时间，每天从这里经过，会看到满地都是板栗花。也许甜又香的板栗才是它终极目标，板栗树要把精力留在果实上。

“七月杨桃八月楂，九月栗子笑哈哈。”农历九月，板栗球爆开着的样子像一张笑脸，板栗就熟透了。阴有多云的中午，或者黄昏时分，在院子里林间小道上徘徊，是一天中最好的时光。此时气温宜人，四周静寂无人，唯有满院的桂花香和叽叽喳喳的鸟鸣。鸟儿也不多，声音也是幽微的。

举目望去，大大小小树木，各类花花草草，萧索之色渐浓。女贞树叶已有斑驳之色，野人似的杉树更见沧桑，银杏叶已微黄，正在酝酿一个纯美的黄金世界。唯有桂花、美人蕉、三角梅在秋色里依旧开得如火如荼。

风携着桂花香一阵接着一阵地吹拂着，不断地有板栗树叶飘下，“啄”的一声，然后以沉默的姿势安静地待在地面上。它宽大的叶面上，布满虫眼，黄褐相间的颜色有种特别的美。随风落下的还有青色的樟树籽，滴溜溜地转，若是用脚踏上去，“扑哧”一声脆响，空中就有一股樟脑香。偶尔，会有板栗或板栗球“啪嗒”一声，打在脚前或身后，刚甩出来的栗子颜色嫩黄，泛着诱人的光芒。想起寂然法师的诗：“大原乡间居，山深巅峰连；毛栗纷纷落，寂寂满庭院。”果实落地的声音，大约就是这闲寂之味。

栗子的果实，何其珍贵，要用带刺的壳，厚厚地保护自己。小心翼翼剥开外壳，又有一层棠皮色内壳，似乎有点过分了。不过也是值得的，否则何以有“千果之王”之称？栗子与桃、杏、李、枣并称“五果”，属于健脾补肾、延年益寿的上等果品。植物的外表秉性虽有不同，但它们都有一个共性，那就是献给人类以美好。

每天清早，板栗树下，总有一两位老人，每个人背上一个小布袋，用树枝划开陈年落叶，哔哔地寻觅掉落在落叶丛里的板栗。她们说，这里的板栗是纯天然的，比买来的人工嫁接的要好吃。再说，她们的孙子都上学去了，没事做，捡捡板栗，这是打发时间的最好办法。其实，她们不知道，她们正享受着人世间最奢侈的幸福——清闲。

板栗落完了，板栗叶也很快落尽了，褪尽繁华的板栗树最为好看。站在树下迎着疏淡的阳光向上望去，只见栗树的枝条纵横交错，粗细有致，长短有律，疏密有韵，浓淡掩映。在蓝色天空的映衬下，像素描，更像工笔，也像用淡笔勾勒的水墨画，有欣赏不尽的美，成为院子里冬天一道独特的风景。

后院池塘

新建的篮球场上，两边列着哨兵似的樟树。每到下班时刻，这里便响起“嗵、嗵、嗵”的篮球声，天气晴好的冬天，静寂无人的中午，独坐在篮球场的石凳上，在鸟鸣声中什么也不想，可以尽享负暄之乐。

篮球场的北边，与前院对应，也有一个池沼。不同的是，小桥中间多了一个石雕喷泉，小巧精致。边沿围以美人蕉、女贞树，四周是繁茂的樟树、桑葚树、板栗树，池沼在层层叠叠的包围下，有“养在深闺人未识”之感。

每年立夏后，池塘边的美人蕉开放了，片片火红高高擎起，那样高调，张扬，甚至喧嚣。我走在去食堂的小路上，或散步在环行路上，或从办公室的窗户望过去，都会被那片鲜艳的红吸引住。在满世界的绿意盎然里，那片红格外耀眼。

每次看到那片红，我自然就会想起这首歌《花儿为什么这样红》：

花儿为什么这样红，为什么这样红？
哎——红得好像，红得好像燃烧的火，
它象征着纯洁的友谊和爱情……

花儿为什么这样鲜，为什么这样鲜？
哎——鲜得使人，鲜得使人不忍离去，
它是用了青春的血液来浇灌……

因为我从来没有见过哪一种花像美人蕉这样红，如宽大的柔棉的丝绸一样，像簇簇火一样燃烧，那样热烈，那样奔放。为了凸显它的红，它选择宽大的芭蕉似的叶片，如无数手掌一样簇拥着，又选择万绿中最为鲜嫩的翠绿色，把那红映衬得格外耀眼。这还不够，它还要用紫红色的花萼，如纤纤细手般洒出三瓣大红的花。是的，只有“洒”字，才有力量和宽大柔棉的红花匹配。这样，它全部的心思，所有的力量都集中在它的花，那样纯粹，那样执着，那样不顾一切。

花儿为什么这样红？因为是青春的血液浇灌的，象征着纯洁的友谊和爱情。血液是神圣的，因为血就是生命，何况是青春的生命。也许，这个世上，唯有青春的血液、纯洁的友谊和爱情，才能与花儿纯粹彻底的红相契合。

“红蕉花样炎方识，瘴水溪边色更深。叶满丛深殷似火，不唯烧眼更烧心。”在晚唐之前，诗人称美人蕉为“红蕉”，也是因为它花为红色，且硕大、色艳，远看似片片红霞，近看如团团火球，十分美丽壮观。这首李绅所作的《红蕉花》诗中，美人蕉紧密翠绿的大叶片，衬得红花火焰般的燃烧，不单烧诗人的眼睛，更要烧诗人的心，可见美人蕉碧叶红花的震撼力。

美人蕉取代红蕉，源于晚唐时期罗隐的诗：“芭蕉叶叶扬瑶空，丹萼高擎映日红。一似美人春睡起，绛唇翠袖舞东风。”此诗一出，引起极大反响。人们开始用诗人的眼光重新审视美人蕉。从此，美人蕉这个名字迅速传播开来，取代了红蕉。

美人蕉的生命力很强，花期也很长，从春天的抽枝发芽、绿叶初秀，到夏天的绿叶蓬勃、花红似火，到深秋，经过酷暑难耐的历练，还在连绵不断地开花。那时，在院子里一派萧索之色的衬托下，它的花红得更有风韵，更有灵气。

它自始至终，都是艳烈的，成为人们目光的焦点。

香樟林

一

举目望去，院子里前前后后，大大小小有几百棵香樟树，其中有不少百年老樟被林业部门贴上“湖南省重点名木保护牌”。它们像一个个惯看春花秋月的老者，有的驼背弯腰，老态龙钟；有的含胸凸肚，仙风道骨；有的歪脖曲腿，古怪精灵；有的昂然挺立，肃穆端庄；有的藤藤挂挂，胡子拉碴……树干枝丫，在空中纵横交错，散发着苍劲雄浑的磁场，极富震慑力。

它们和院子里的松树、杉树、板栗树、银杏树等高大乔木一起，在空中拓展生命，彼此遥相呼应，成为撑起大院自然风光的脊梁。它们看上去总是那样安静和温顺，但其实它们才是这个星球生存竞争的佼佼者。它们可以活到成百上千年，并以遮天蔽日的枝叶庇护着心悦诚服的我们。

香樟不仅是大院里的主打树木，也是我们南方主要树木之一。

在我的家乡，几乎每个村庄都有香樟。它的寿命很长，可以生长为成百上千年的参天古木，村庄有多老，樟树就有多老。

香樟一年四季常绿。春天新绿初绽，到初夏，嫩绿满树，翡翠般地点染在村前屋后，给村庄增添了无限生机。到秋冬，万木萧索，唯有樟树一身绿衣，在枝干枯冷的皂荚树、梧桐、紫薇，还有许多不知名的灌木间，依旧郁郁葱葱。大片浓重的绿与青砖黑瓦相得益彰，有诗意天成之美，成为南方乡村特有的景象。“江南好，风景旧曾谙。日出江花红胜火，春来江水绿如蓝。”江南之所以称为江南，正是这些浓墨重彩的颜色吧。

香樟下经常摆有凳子、躺椅等。天气炎热的日子，人们喜欢待在树下纳凉、聊天、做针线活。烈日洒在树冠上，在细细碎碎的绿叶上闪闪烁烁。微风吹过，树叶簌簌作响，点点光圈闪耀着、跳跃着，无声地挑逗着待在树下的人们，凉意就这样一阵阵地荡漾开来。人们惬意地坐着，舒畅地躺着，专注地做事或大声地谈笑。樟树下的光阴就如流水一般，缓缓流淌，静谧而温馨。

樟树的全身都是宝，叶、皮、根都是药，时时刻刻保护着、呵护着它的子民。夏天的夜晚，孩子们摘取樟树的叶片，揉碎，涂抹在手脚上，可以防止蚊虫叮咬。若是有孩子突发风疹，就煎煮樟树的枝叶，熏洗患处，效果明显。若是感冒了，就用樟树皮、橘子皮、葱头等煎水喝，虽苦但药到病除。我还记得小时候，奶奶经常把樟树树根洗净、切片、晒干，用于治疗她的风湿性关节炎。

香樟就像一个宽厚的仁者，微笑地呵护着村里人，出生、长大、变老，一代又一代。在岁月的风霜和历史的长河中，村庄早已和樟树连接一起，彼此相依相偎，成为不可分割的一个整体。

带有神性一样的樟树，已成为许多村落的共同记忆，乡愁的代表，游子精神世界的坐标。每次看到它，就会忍不住慢下了脚步，在树下逗留或徘徊，内心有家的安宁和归宿之感。

二

春末夏初，天空沉静，草木欣然，院子里开始飘荡着樟树花香。

它们从春天开始落叶，也开始发芽，一边落一边长，落一层长一层。等到黄中带紫的老叶落尽时，整个樟树长满茂密的绿叶时，院子里就充满这种清冽的香味了。

那种香味随风四处飘荡，一阵一阵的，若有若无，淡雅而纯正，醇厚而清新。立在院子里深呼吸，不仅醒脑，也静心。

循香觅去，这才发现，香樟已开满了细细碎碎的小花，一簇簇呈扇形排列着，像桂花，但比桂花更淡雅、小巧、细密。青绿色的花蕊跟叶片一个颜色，开得低调内敛，隐蔽得不容易被人发现。它们没有花的艳丽，只有清淡如江南小镇似的素雅，远远望去，像是给樟树冠拢上了一层青烟。

花儿开到一定时期，花蕊渐渐变成淡黄色，仿佛是谁不小心撒落在树叶间的素雅米粒，随风在树叶间轻轻颤动，有无尽的温柔与情意。到后期，点点黄绿变成黑色，一粒粒慢慢掉下来。地面聚集着一粒粒黑色颗粒物，蹲下去细看才看清是五角星的花蕊。花谢香犹在，引来了无数的蚂蚁。

这段时间，有事无事，我都喜欢在院子里树荫下的小道上来来回回走。在阳光下，碧绿的叶子闪烁着耀眼的光芒。风儿温热，有樟树遮盖的小道格外荫凉，忽明忽暗的香味让人神清气爽，身心清净。鸟儿在树叶间随性地叽叽喳喳，偶尔还听得到一两声蝉鸣，柔柔弱弱，小心翼翼，生怕惊了阴阴夏木的梦。

若是下着小雨，那香味更加浓郁。此时，最好不要打伞，就这样零距离接触，在雨水过滤了的空气里来回熏陶，算是香浴吧。

经常看到院子里的几位清洁工，在树下悠然地打扫着。其中一位中年妇女，留一根长长的辫子，和我同住一个小区。我去上班，正好她下班。每次相遇，她都会微微一笑。经过无数早晨的花香浸润，她的头发，她的神态，她的眼神和笑容让人格外舒坦，如同呼吸着樟树花香一样淡雅清爽。

香樟树的花期从谷雨开始，要延续近两个月之久，直到花儿全谢了，那香味还留在叶子里，留在身躯里，久久不肯散去。“花未开而先香，花落尽香弥留。”万花丛里，平淡素雅的樟树花显得别具一格，就如同那些本真善良勤劳的人们，在茫茫人海里，他们毫不起眼，过着一种毫不张扬的生活，本分安静地度过每一个平和的日子，但是和他们待在一起，那些平淡的日子也会显得韵味悠长。

三

一个秋天的午后，我和往常一样在院子里溜达一圈，突然被一股浓郁的香味吸引了。抬眼望去，县委办公楼后面，一棵樟树下，满地的断枝残叶。原来是砍掉这棵百年老樟里倾斜的树干，也许是避免树身再度倾斜。

树枝伸向空中，并不觉得它有多占地方，如今砍下来，枝枝叶叶竟占了很大一片的场地。粗壮的树干已被一截一截地锯断，浓郁的香气就是从这里散发出来的。有一瞬间，我站着不动，沉醉在它的香气中。

春天时，我曾经闻过馥郁的樟树花香，冬天闻过樟树籽被踩破的带点刺鼻的樟脑香，也曾经把树叶折断，嗅过叶子的清香，但香气都没有如今这样清透。这是从树心里流出来的气息，仿佛一个人身上流出的血液，是最本真也是最自然的，久闻让人清醒也让人安静。

樟树之所以也叫香樟树，大约就是这个原因，它的清香就是它生命的本质。无论它长成怎样的参天大树，都只是遵循着它生命的本源，全身是香。一粒种子的力量和执着，令人惊叹。

这棵百年老樟，树干粗壮得需几个人合抱才成。它只有一根主干倾斜着伸上去，到上方才分出枝干。其实仔细审视，树兜处也分过枝的，只是还在少年时期就被人砍了，留下一个碗口大的疤，深凹进去。这样歪歪扭扭长上去，依然不失其雄浑之气势，樟树本来就是以曲折遒劲为美。

砍下它的树干，人们并没有征求它的同意，它是喜是忧是怒还是怨？也许它并不在意，随遇而安吧。身经千锤百炼而屹然不倒，我看到了它的顽强与坚毅，豁达与乐观。它的树干上，布满苔藓，缠绕着青绿色藤蔓，一直蔓延到树顶，枝丫间还留着陈年的落叶甚至长着一些不知名的小草。我忍不住抚摸几下，绿油油，毛茸茸，滑溜溜，像披了一件绿衣。

它灰褐色的树皮有细致的深沟和纵裂纹，斑纹清晰。仔细地端详，觉得内蕴隽永，妙趣横生，像大有文章之意。明代医药学家李时珍在《本草纲目》中说："其木理多文章，故谓之樟。""章"加上木字旁，就成了"樟"，原来樟树的名字就是这样得来的，充满诗意，充满想象，有岁月沉淀之美，难怪它深受画家和雕刻家的喜爱。

樟树的木材耐腐、防虫、致密、有香气，也是制作家具的良才。小时候，村里家家户户都有用樟木做的箱子，这是姑娘出嫁时必办的嫁妆。揭开木箱，香味袭人。经香味熏过的衣服，穿在身上，清爽宜人。

在众多枝干中，我选择了一截树干，削去青苔和外皮，想做成天然的木矮凳，而且还是一个散发着天然香气的矮凳。我费劲把它搬进房里，放在沙发旁。从此，这棵百年老樟的一截树干，在独属于我的空间里散发着芬芳，陪我工作和休息，让我的生活也平添一丝馨香。

姹紫嫣红

院子里的鲜花远远不止上面所说的这些乔木和灌木，其他草本植物都会在不同时节、不同地点开出不同颜色、不同形态的鲜花来，比如扁竹兰、麦冬等。

扁竹兰虽名为兰，其实不是兰花，也不属兰科植物，就像木兰、米兰、珠兰、君子兰名虽为兰而其实不是兰花一样，扁竹兰属鸢尾科植物。

每年扁竹兰都是悄无声息地开了。那一片片贴近地面的白，远远望去，宛如浮起的一抹淡淡的白云。特别是后门边的那一块，一条水泥路两边的坡上，扁竹兰开得尤为旺盛。点点白花密密麻麻地连成一片，轻盈纯洁。春分后，在满院姹紫嫣红的衬托下，显得格外清雅亮丽，仙气十足。几乎每个从食堂出来经过这里的人，看到它们都要惊叹起来。

有一回，我实在禁不住诱惑，沿着这条水泥路向那片白一步步走去，转过一个小弯，接近后门边时，感觉到了另一个世界。由于后门常年不开，这里人迹罕至，刚才还是热闹散步的世界仿佛突然被隔绝。路两边的坡度更高，延伸得更宽，扁竹兰更茂盛，花开得更艳丽。

与满地扁竹兰相对应的，是高高撑起枝干的喜树，一树嫩绿的叶子，和扁竹兰的叶子同为一色，辉映一体，构成一幅纤尘不染的画面。

在这样的画里畅游，心都像被水洗涤过一样澄澈。

麦冬草分布在组织部前面的花圃里，叶子披散着，有点儿像韭菜。它是一种常绿的冷季型草坪植物，有着十分顽强的生命力，耐寒又耐旱，无论哪个季节，都是绿幽幽的。每天绕着环形路散步从这里经过，我都喜欢把目光停留在这一片绿意中。小时候听村里的老人说，养麦冬的人会长寿，大约是指麦冬四季常青之意吧。一个人常年看着绿色，心境也会变得平和安然的。

在中国的风水典籍中，把麦冬作为文曲星的代表，大约也是这个道理。在书桌上摆放一盆麦冬，常年的绿色对读书人起着镇静作用，提升人的理解和思考能力。有一次，我去花店买花送给正要结婚的人，老板告诉我，没有比送麦冬更好的了。因为麦冬代表着合和、美好之意。送一盆麦冬，既经济又实惠。

每年六月至七月份是麦冬草开花的时节，满地淡紫的花，虽没有旁边扁竹兰的艳丽，但是清新高雅，冲淡平和，富有文化气息，同样深受大家喜爱。

除了这些人工的草本植物外，院子里那些土生土长的草花也不容忽视，它们匍匐在地，默不作声地装点着大地。在去食堂的小路上，路两边密密麻麻地布满了二十多种草本植物，开着淡紫、浅白、淡黄等各种颜色的花，细细碎碎，星星点点。有的叫得出名字，如婆婆纳、荠菜、水蓼、一年蓬等。有的虽然叫不出名字，但是很熟悉，都是儿时经常见的，开在房前屋后，田间地头。

因此，面对一地小花，我常常会俯下身去，久久地凝视着，那里有着久违的儿时味道，散发着乡愁气息。这些花虽然少有人注意，少有人欣赏，但是一样开得认真而细致。它们没有樱花红桎木那样开得惊天动地，如诗如画，但它们不因渺小而悲叹，不因卑微而丧气。它们自由自在地开在天地间，独自美丽，这本身就是一种大美。

还有很多花，开在灌木丛里，有的甚至开在贫瘠的岩缝里，并用自己的阔叶遮住花朵，也许是为了避开蜂蝶的烦扰，也许是为了避开人们，只求清静，更好地与自然相合，与天地相合。

也或许，花儿只是遵循着自身的习性，顺势而开，顺时而落，没有开花的喜悦，也没有凋零的悲伤，喜怒哀乐，不过是赏花人内心的呈现罢了。

花儿内心的秘密，有谁知道呢？

人有人生，花有花世，姹紫嫣红，各有说道，从来如此。

围　墙

白露时节，一个凉意倏倏的早晨，我顺着围墙在院子里溜达了一圈。

我先沿着一条鹅卵石小道下坡，弯弯绕绕地进入东边的密林里。这里人迹罕至，林中新藤匝树，樟树、杉树、松树、楠木以及竹子，在空中交织在一起，遮天蔽日。地面落叶积深，踩上去“窸窣”作响，围墙就在密林边缘。

围墙只有五尺高，红砖加石灰浆，低调朴实，但美观齐整。围墙外民居密集，新楼旧房打着时代的印记，相互参差着。大约离围墙两米处，是一排20世纪七八十年代砖木结构的老房子。房子与围墙间，又用黑瓦或灰色、蓝色琉璃瓦搭成简易棚房。瓦缝里积满经年落叶，楼上小小的窗户，只剩下稀少的玻璃，晃动着岁月里的光，仿佛饱经风霜的老人的眼。

围墙依地形而建，一路高高低低，起起伏伏，从食堂开始陡然下坡，到北边后门处，也就是乱葬山的山脚，为地势最低处。门外，庄稼地里一排排蔬菜棚泛着灰白的光芒，洣水在丛林深处静静流淌。

从后门北边开始，地势又陡然上升，围墙攀沿而上，墙上青苔老藤葳蕤，古意悠悠，这显然是当年原汁原味未经修葺过的围墙，六十多年的沧桑，一层一层累积下来，静谧在时光深处。古藤掩映下的围墙，有一两处破损，裸露的红砖，无声地告诉我们一个事实，这些像猪肝色一样的红砖，都是严格符合当时建筑标准的，尺寸统一，六面平整，八角不缺，又经过水的浸泡，才砌得如此美观齐整。

大院西北角，地势高而平坦，围墙平整而完好。这里因位于后院，少有人来，与大院其他地方不一样。同样佳木成荫，但以苦楝树为主，偶有两三棵松树、樟树、铁树等。苦楝树轩昂多姿，树叶像阳春三月一般嫩绿，叶下挂着一串串金铃子。秋风徐徐吹来，椭圆形的细叶和金铃子一起瑟瑟抖动。地面落叶满径，青藤在枯黄的落叶上纵横交织着新叶，四周散发着森林特有的气息，古老又清新，如遥远岁月里一汪清泉，让人心宁神静。

在穿越时空的香径徘徊，墙外是日新月异、熙熙攘攘的烟火人间，墙内如同深山老林一般宁静幽远，咫尺之隔，却是两个世界，给人虚幻不真的感觉。六十多年过去了，楼房围墙还是当年的样子，只是变得老旧沧桑。这里的一草一花都见证着岁月更迭，一砖一瓦都承载了大院的诸多故事和记忆，一石一木都印记着前辈们留给后人的哲思。

虚幻实景中，回望大院，树木蓊郁中，红楼隐隐，蝉吟幽幽，鸟鸣啾啾。大院变得简朴幽深、意蕴隽永，她既有大家闺秀的恢宏气度，又有小家碧玉的婉约丽秀。

第五辑　就在主楼办公

这个秋天的周末，我在办公室窗前写下这些文字，秋阳的余威正炙烤着大院，风在院子里东奔西跑，落叶在飘飘扬扬中起舞，鸟鸣依旧。我恍惚在这个熟悉而终究要离开的天地里，隐隐约约地感到，这里一定有一个先天约定的、带着使命的、不可泄露的秘密。

办公室

一

2009年9月，我从一所学校调入县委宣传部工作。

宣传部在县委大院主楼的二楼。头一年，我被安排在楼梯边第一间大办公室办公。之所以叫大办公室，是因为苏式建筑风格的筒楼中间部分高耸，南北凸出，而大办公室的位置正好处在主楼的中间部分，因而空间开阔，比两边的办公室都要长要宽。

办公室摆有四张办公桌，一张长沙发，一溜书柜。办公桌面布满黄色漆斑，边角残损；沙发皮已开裂，露出淡黄色的海绵。木质地板磨出丝丝波纹，石灰粉刷的墙壁泛黄，印迹点点，有的地方已剥落。柜子、报架、办公桌上甚至地板上都是各类报刊和书籍，被码得整整齐齐。

天花板上也用石灰粉刷了一遍，时有老鼠“呼噜噜”地似乎在楼上打群架。有人夜晚留宿于此，根本无法安睡，那简直是“大闹天宫”。经常光顾屋顶的，不仅有老鼠，还有野猫，瓦缝有不少漏洞。逢有大雨天气，雨水顺着漏洞流下来，洇在墙壁上，鼓起一个个泡，留下一溜印子，不久便起黑霉，脱落。天晴后，只得请师傅爬上屋顶检修。

办公室高而长的门，正对着阴暗老旧的走廊，木地板上散发着淡淡油漆味。旁边就是木板楼梯，每天不断地有人沿着油漆被剥离的楼梯爬上楼来，“咚咚咚”的声音，沉闷而深厚。有时候是一群人，“嗵嗵嗵”之声如鼓声齐鸣，整栋楼都在晃动；有时候是一个人，节奏感很强，从楼梯的“哒哒哒”之声，转而到楼板的“咄咄”之响，荡起一路回声，让人的思绪飘向远方。时间久了，我可以凭楼板的声音来判断来者是谁。如果是陌生人，也可以凭脚步的轻重急缓，来推断这个人的性格、年龄、性情，甚至身体状况等。比如韵律感极强的，这肯定是一位优雅而颇为讲究的女士；慢而沉闷的，性子大致内敛而悠闲；声音碎而乱，总让人悬着心，担心跌倒，这人多半性子急躁，做事也会毫无章法。

办公室的窗户朝北，没有窗帘，正好一棵庞大的樟树伸开手臂一样的枝丫笼罩过来，如天然的窗帘，给这间办公室注入了几丝绿意和阴凉。透过樟树浓密的树叶，可以看到当年盖楼时栽下的松杉林。这些有了年岁的松树，树干粗壮得需两个人才能合抱，一根根直耸云霄，枝丫间的松果，如朵朵盛开在松针里的花，给挺拔的松树增添了几分俊俏。窗下还有芭蕉、铁树、女贞等树，这样高低错落，交相辉映，成为窗前欣赏不够的美景。

白天，我坐在窗前办公，累了，倦了，就看看窗前的树。它们总是安静地伫立在阳光下，温和地，微笑地。这时候，我也温和地、微笑地与它们对视。照耀在它们身上的阳光，细细碎碎的，反射成翡翠般的光芒。丝丝清凉的空气，带着林子里特有的清新，源源不断地游进来，沁入肺腑，于是，我又精神抖擞地投入到工作中去。中午休息，我喜欢面对窗户躺下。树叶上闪烁的阳光，把我的办公室映得安静又祥和。春天的蛙声、夏天的蝉鸣、秋冬的鸟声，都成为我的催眠曲，看着听着，意识就进入混沌状态，连梦也是幽美的。醒来，首先映入眼帘的，就是这一窗的树和阳光。林子里很静很静，仿佛能听到阳光流动时的声音，空气里弥漫着一种永恒的东西，一种遥远的接近生命真相的永恒。

很多黄昏时分，办公楼人去楼空，异常安静，但我并不急于回家，继续待在办公室阅读写作，或者打开窗户，静坐窗前，看夕阳渐渐收敛光芒，夜幕渐渐模糊树木的身影，看不清它们的枝叶，但仍能感觉到那伸向高空的姿态和风骨。

我就这样敛声屏气地坐着，很久很久，然后回家。

二

几乎每一间办公室都养过一两盆植物，比如文竹、仙人掌、多肉、绿萝等，放在窗台、办公桌或地面上。它们不仅可以释放出一定程度的氧气，改善空气质量，而且养眼，具有很高的观赏价值。

有好多晚上，我在院子里散步时，看到有些办公室亮着灯，灯下坐着还在加班的工作人员。灯光把盆景的姿态映在窗玻璃上，在静谧的夜空里，有种格外动人的美。

几年前，我也养过一盆树。那时正是春天，这盆树的叶子已现枯萎之象，一副恹恹的样子，被人遗弃在走廊尽头的垃圾桶旁。

我觉得它还能焕发勃勃生机，于是用全部的力气，把它抬到自己的办公室。整个春天，我陪伴在它身旁，学会了根据树根树叶的状况适时适量浇水。每天早晨，在打扫卫生时把这棵树移至窗前，让它近距离接触阳光空气。同时用脸盆盛水，一片一片地洗去叶面灰尘。渐渐地，树叶变得滑亮润泽，精神十足。

不久，夏天到了，奇迹出现了。树的顶端冒出了新的枝叶，并迅速生长，叶片比原来的大、亮。陆续不断冒出新枝叶，到初秋，树快长到屋顶了。它给了我们一个夏天的惊喜。

每次有人来，首先映入眼帘的，就是这棵树了。人家会惊呼：

“是不是真树？”

“好大一棵树！”

“大树底下好乘凉啊！”……

我们听了，都呵呵地开心大笑。

从春天到冬天，第一次这么长时间地陪伴着一棵树，它呼出的氧气给我，我呼出的二氧化碳给它，彼此能触摸到对方的灵气。我每天的凝望，用心的养护，它能感觉得到。它一身的绿意盎然也让我的心情越来越清爽愉快。

有时，我带着情绪去工作，牢骚，不耐烦，无名之火……事后，平静下来，就会后悔。

而树就像一位先哲，不管人们怎样赞美，不管我的情绪如何，它总是以舒展的姿态，默默伫立，淡定平和。

对照这棵树，自觉惭愧。人要达到树的境界，就要修炼一颗平静的心。在这个物质欲望膨胀的时代，面对身心的无常变化，念头的起起伏伏，必须时时维持心的平衡，将自心从陷入谷底或摇摆不定的状态，带往平稳，祥和，最终回归平静。这是我们毕生的修为和人生的终极目标。

夏日的一个中午，无意间抬头的那一刹那，我看到主楼二楼阳台上的那株花，红艳艳的，在炎炎烈日下，像一团团火焰，耀眼夺目。

那一刻，我被久久吸引住了。四周暑气腾腾，密布的热浪一波又一波，蝉儿热得长鸣，树叶晒得发蔫，人们都躲在房里吹着冷气。唯有它，探出围栏，那一簇簇红艳欲滴的花儿，仰着笑脸，迎着骄阳，怒放如火。

如此热烈，如此尽情，仿佛倾其所有，也要孤注一掷，破釜沉舟。豁出去了，要开就开得惊心动魄；豁出去了，要美就美得天地动容。

我迅速爬上楼，通过纪委大办公室，走近它，原来是三角梅！那似树又像藤的枝干，左右弯曲婉转，摇曳生姿。鹅卵形的叶子，精致匀称，呈鲜嫩的翠绿色。它的花儿在叶芽顶尖，细看其实就是叶子，略显三角形，有着叶子的形状，叶子的脉络，铃铛一样缀满飘逸的枝条，因此也叫叶子梅。

其实，三角梅在春天时就已开花，只是当时，梅花、樱花、桃花、梨花……竞相绽放，院子里一派姹紫嫣红。而对于艳丽似火的三角梅，人们忽略了。

然而，她看上去并不在意这些，暗暗蓄积能量，从阳春三月到初夏到酷暑，从满院的万紫千红，到绿意葱茏，日日鲜嫩欲滴，日日如云蒸霞蔚般的灿烂。而且，越挫越勇，越是酷暑，越是艰难环境，越是开得如火如荼。

自此，我便对三角梅多了关注，每日经过这里，都要驻足观赏。有一次，天气骤变，一连几天的狂风暴雨，市场上叶子菜的价格上升了不少，院子里的树叶树枝洒落一地。我特地留意了下那花儿，经过无情的风雨，它依然垂挂枝头，舒展的枝条在风中轻轻摇晃，点点红花跃立枝头，如红蝶伫立，红蝶双飞，依旧鲜艳、抢眼。其中一枝垂下阳台，不着一叶，缀满红色的花朵，惊艳在栏杆边。

不久，西风渐起，阳台旁边号称百日红的紫薇花开过最后几朵，恋恋不舍地离去了。接着，桂花蓬蓬勃勃地开了几天，也谢去了，枯萎的浅黄色花儿，还残留在树丫间，仿佛对昔日作深切的怀想。唯有三角梅，不惊不扰不惧，一如既往，直到寒冬。那一丛丛花儿，在灰蒙蒙的天空中，在萧索的背景里，开得更艳丽，更张扬，更夺目，成为寒冬里一抹清凉圣美的鲜色。

万般皆是缘

不曾想过，今生会来到环境如此幽雅的院子工作，每天对着窗前的树，领略着春的媚，夏的耀，秋的炫，冬的柔。而能相守多久，谁知道呢。那段时间，我每天都在思考一个问题，到底是教书好呢，还是离开讲台好？

傍晚，到工作过多年的校园里散步，遇见熟悉的人，有的依然热情，有的淡淡一笑，还有很多熟悉的人，很难遇到，也许永远也遇不到了。透过教室的窗户，那些辅导老师，看学生做作业，那种氛围，气息，曾陪伴我很多年。转行前一年，我还写下一篇博文《丰富的安静》："我为我曾经有过的浮躁和动荡不定而感到羞愧"，算是铁定心坚守讲台了。可是，终究还是离开了讲台。

万般皆有说道，说不上哪种工作更好，或许适合自己的就是最好的，其实哪种工作都是一种修行，一切都是最好的安排。

刚到宣传部不久，正遇上挂靠宣传部的县文联成立二十周年，部里决定举办一系列庆祝活动，其中一项就是编辑县文联成立二十周年纪念册，我便成了编辑成员之一。

文联里专职的只有副主席一人，主席为兼职，基层有文学、音乐舞蹈、美术、书法、摄影、戏剧曲艺等文艺工作者协会。二十年的资料都收在一个看不清颜色的老式柜子里，一个20世纪六七十年代常见的老旧柜子。分上下两部分，下部分放置办公用材料纸以及群文活动所用道具等杂物。拉开上部分左右两扇门，里面又分为三层，整整齐齐叠放着历年的文件及活动资料。一本一本地翻过去，文件、计划、方案、通知、签名表、群文活动照片等，按照时间顺序装在档案袋里。那些尘封的日子仿佛又浮现在眼前。过去的人，过去的事，过去的城市，似乎一直还在，在另一个时空长生不老。上一任文联副主席，是一位美貌、多才多艺、字迹洒脱的女强人。那些资料上留下了她的气息，字迹和指纹。在一张工作方案的背后，还留下了这样的字迹："×××：中午×××结婚，请你去。"

我们收集整理各个协会的基本情况，走访一个个文艺界的精英。他们都已退休，有的到了耄耋之年。然而，对于文联，有如娘家人一般亲切、自在，对我们的工作竭力支持配合。他们的言谈举止，声音容貌，朴素，亲切，散发着与众不同的磁场，悦目悦心，无形间影响着我的思想和言行。

那些年，那些人物的活动，我触摸到了。冥冥中，我与这些人有着说不清的缘分。十年后，我还会在这个办公室办公吗？还会和这窗外的树相对吗？接替我工作的人又是谁呢？他（她）会不会也和我一样，对着窗前的树发呆，看我的字迹感慨万分呢？那么，二十年后呢，这一路下去，将有多少人的缘分会被一根线牵起来。

缘分这件事情，真是无法解释，这根线牵涉的事件、人物交织成一个网，理不清，扯还乱，我们每个人只得在这个网上按既定的轨道往前行走。

2003年，一个偶然的机会，我随手翻阅到一本散文集《痕迹》，惊异，美女作家就在身边。我一字一字读下来，几乎能背下来。于是，我也萌发了写作的欲望。五年后，我把自己的书《长发飘飘的日子》送到她单位，她正好有事出去了。后来，我接到了她的电话，说是从我的文字里看到她的影子，温暖、阳光、唯美、简单，于是我们成了好友。又过了三年，她也调到宣传部，成为我的上司。周末或下班后，两人一起读书，看电影，爬山，逛街，在栀子花香的大院里散步，交流心得。相同的人生观，共同的爱好，种种美好，都在眉宇间，会心的一笑。

我更不曾想到，我在这个院子一待就是十二年，而且还要待下去。和这座只有六十四年历史的大院到底有着多深的缘分？这个秋天的周末，我在办公室窗前写下上述文字，秋阳的余威正炙烤着大院，风吹得落叶在空中翩然起舞，鸟鸣依旧，我恍惚在这个熟悉而终究要离开的天地里，隐隐约约地感到，这里一定有一个先天约定的、带着使命的、不可泄露的秘密。

二

窗外树林阴翳，绿意盎然，各种花草随着季节次第开放；室内盆景井然，壁明几净，对面坐着的同事叫喜平。

我喜欢这个名字，喜悦安平，这也是我们办公室的常态。她专注于手中事物，我沉浸在自己的世界里，时光无言，岁月静好，仿佛对着一棵树或一朵花般的随性自然。

每每如此，她便由衷地说道，和你在一个办公室工作真好，人简单，没心机，无是非，不用提防。我回道，你是谁，就会遇见谁，你不也是这样的人吗，单纯善良，不争不攀，随遇而安，这话也是我想对你说的。

两人一起笑了，人生短暂，能把宝贵的光阴集中在有意义有价值的事上，多好。

喜平长得也喜庆，有一双扑闪扑闪的大眼睛，充满灵气，仿佛扑闪一下就有一个主意，但那都是好主意，包含着善意的、同情的、助人的，甚而打抱不平的……一个好心眼的人对着一个缺心眼的人，自然是放松自在的。

她还有鸟儿一般动听的声音。每天能听到她叽叽喳喳的说话声，实在是有耳福。许多个早晨，两人走进办公室，一边搞卫生一边交流着奇闻逸事，说到有趣处，忽而开心大笑，银铃般的笑声一圈一圈地漾了开去，连窗台盆景里的几株花草，洋溢着的也是喜悦安宁。当然，我们也互诉心事，彼此安慰。遇到工作或生活难题，两个臭皮匠一起商讨，一起解决。

两人同年同月同日同进同一个单位，第二年便坐进同一间办公室，这一坐就是十年，而且还要坐下去，这已经是奇迹了。

有一回，我对她爱人说，你和她在一起的时间还没有我和她的多，可见缘分之深。的确如此，除了上班的 8 小时外，中午休息也在一起，我睡沙发她睡床，各不干扰成酣眠。睡前每人手捧一本书——是早就约好一起阅读的同一本书，以便交流。读着读着，倦了，书从手中滑落，呼吸已均匀，人已进入梦乡。每次睡醒，走廊里有了人走动的声音，窗外鸟鸣婉转，房间里流淌着的都是惬意和温馨。

夏天，栀子花开了。我们特意敞开窗户，让绵绵密密的栀子花香闯荡进来，充溢在每个角落。然后，在花香里睡去，在鸟语中醒来。

或许，心思单纯的人更容易满足，也更容易领略到大自然之美。

秋天，阳光在林子里投下一片静谧，清扫落叶的人又唱起了歌。“唰——唰——唰”，落叶、竹子和泥土的碰撞声，不急不缓，合着鸟儿的啁啾，宛如一首天然的交响曲，在院子里飘荡。我和她同时停下手中事，回过神来，相视一笑，人的幸福指数，与工种无关，只与心境相关。

冬天，窗外山茶花开了，北风凛凛中，天寒几欲雪。有一年，终于盼来了一场雪，我们雀跃地在山茶花前的留影，定格在时光深处。

春天，阳光洒在墙壁上或桌前。梅花、山茶、樱花、紫荆花在窗前次第绽放，极尽鲜艳。从含苞待放到花谢花飞，千般微妙，万般景致，尽收眼底。

不知道多少次了，两人对着窗前美景感叹：

好美的景物啊，在这样的环境中工作，真是幸福。

是啊，春有百花秋有月，夏有凉风冬有雪。心无挂碍地活着，时时刻刻都是人间好时节。

是啊，像我们，家庭稳定，工作喜欢，同事和睦，更应倍加珍惜。

两个小女子，心无芥蒂，越说越觉得应对尘世感恩，越说越觉得心境无边光灿灿。

时光的无涯里，人生百年，不过一瞬。唯愿山河无恙，日月清明，多有喜乐，长久安宁。

朴素的文艺工作者

一

一年后，因办公用房紧张，我和新上任的文联主席被安排在一楼的一间办公室办公。

这间办公室位于统战部会议室和妇联办公室之间，本来是宣传部用来装杂物用的仓库。杂物清除后，房间里摆下两张破旧的办公桌，一台配给主席用的电脑，一张沙发，还有一组老式柜子。没有电脑，工作很不方便，我便从家里带来一台笔记本电脑凑合用着，直到一年后我被安排到别的科室办公。

办公室地处一楼，虽然不像二楼那样时常漏水，但春季回潮，墙壁低层粉刷的石灰阴湿，起了一块块的霉点子，一碰就脱落。每天上班，第一件事就是打开门窗通风，冲走满室的霉味。

文联主席是县里音乐界泰斗级人物，每逢举行大型群体文艺活动，总指挥都是他。有人叫他老琴架，应该与他爱好音乐有关。知天命之年的他，转战过湘剧团、广电局、文化局、文联等多个单位。无论在哪个岗位，他都未停止过对音乐梦想的追求。再加上他身材少见的颀长，瘦而长的两条大腿确实有点像琴架。他倒是很喜欢这个名字，把它当作自己的笔名和网名。他说他这台有着五十年历史的“老琴”，承载着过去和今天，也将承载着未来，琴虽旧，只要用心，仍然可以弹奏出美妙的声音和脍炙人口的旋律。

可我觉得叫他老二胡更为贴切，他就是凭着一把二胡跻身于中国音乐家协会、中国二胡专业委员会的。细长的身材坐着拉二胡的样子，也是一把夸张的二胡。

或许是常年受音乐的浸润，身上没有半点官场习气。正如他常说的一句话：“我从不觉得自己是个什么官，我只是一个艺人。”是的，在人们的眼中，他看起来更像个艺术家。修长的身形活灵活现一个音乐休止符，一举一动都有音乐在纷飞，有器乐在共鸣。尤其是站在台上指挥大合唱时，他全部身心及整个灵魂与音乐意境高度融合。汩汩的细流、奔腾的波涛、无声的呐喊、驰骋的战马，随他的指挥棒跌宕起伏。或者说，他手势的一起一落本身就是音乐的伸展和延续，一招一式都是音乐本有的表达和写意。

老琴架没架子，其实也不老，心里总是住着一个孩子，闲时喜欢和大家开玩笑，笑得很深很深。和他在一个办公室工作，他常常专注在自己的创作世界里，口里吟唱着，脚有节奏地“咚——咚咚——咚”踏着地板应和着。和这样一个人在一起工作，用不着刻意去提防、去讨好什么，生命呈现一种简单、单纯、朴素和全身心放松的状态。

老琴架在穿着打扮上倒是有点儿“老”。老是一身半旧的西装或中山装，无论上班、开会还是出差办事，老是背着一个黄挎包。那是一种 20 世纪六七十年代常见的一种帆布包，式样简单，颜色多为草绿和浅黄，包的正面印着红五星和“为人民服务”五个字。在那个“全国山河一片红”“中华儿女多奇志，不爱红装爱武装”的社会氛围中，与解放军的国防绿沾点边的黄挎包也就自然成了抢手货，家家有，人人背，能背这种包算是又体面又时尚。

如今，几十年过去了，身边人早已背上了各种样式新颖、价格也贵得多的皮包，而他自始至终背着这种黄挎包。很多人不解，艺术上一向与时俱进，为什么单单对黄挎包特别钟爱呢？株洲法制频道在对他进行人物专访时，也好奇地问过他，是不是有什么情结在里面？

他解释说，只是一种习惯而已，久而久之，就有了情怀，反而离不开它了。黄挎包见证了他的成长历程，留下了抹不去的时代印记。现在的黄挎包上虽然没有了“为人民服务”的字样，但作为一个艺术工作者，他把这五个字深深地印在心里。再说包的功能就是装东西，相对于其他的包，黄挎包除了能装东西外，还具备廉价安全、方便随意、更为实用的优点。现在背这种包的人已经很少很少了，因为少见，说不定别人反而觉得是一种时尚呢。

经他这么一说，大家觉得还真是那么一回事。黄色的帆布包，长长地挎在他的瘦肩上，和瘦长的身材相得益彰，朴素、独特又时尚，文艺范儿十足。时间久了，黄挎包便成了他的代名词，不熟悉他的人就称他为“那位背黄挎包的人”。

二

文联最忙的时候是每年的大型群体文艺活动，比如庆祝建国六十周年大型歌咏会、庆祝建党九十周年红歌会，一年一度的春晚以及元宵节、中秋节、五一劳动节文艺晚会等。每一次活动的启动，需提前一两个月着手准备，拿方案、讨论研究、下发通知、组织开会、督查指导等，前期工作一环紧扣一环的进行。

那段时间，也是主席最忙最累的时候。这主要源于他对工作的尽职尽责，他把每一次活动都当作他手里创作的一部作品。对每一个音节，每一个音符，都要几经斟酌，反复推敲，精心打磨，直到满意为止。为了这部作品，他像个拼命三郎，每天背着一个帆布袋，风风火火地从这个单位奔向另一个单位指导督查。

记得那是中秋节又是周六晚上的八点，我们开车来到离县城二十公里外的东信棉业二区厂房去督查建国六十周年工会系统大合唱排练情况。说实在的，在我们督查的十一支代表队里，工会系统的排练条件是最简陋的。没有凳子，一百多人包括工会系统的领导，全部站在厂房旁边一个宽阔的水泥坪里。排练时间长达两个多小时，站累了，就蹲下来，或干脆坐在地上。没有多媒体，只有一张四方饭桌摆一台电视机，旁边靠着音响，几根电线牵几只灯泡吊在空中，无数的飞蛾与不知名的虫子围绕着灯泡飞过来飞过去，不时有虫子爬在人的胳膊和小腿上。左边的厂房里，无休止的机器声隆隆地震得人头脑发昏。

他们的文化程度和演唱水平也是最低的，在唱《爱我中华》一歌时，所有的女声低了八度。但是，十一支代表队里，工会系统的精神状态却是最好的。他们表情虔诚，眼神专注，精神振奋，所有人的行动与声音都紧跟着指挥者走，在整齐高亢的“爱我中华”之声中，一百多人同时把黄色的工人帽一次又一次挥向空中，那种磅礴的气势强烈地震撼着我们。他们真正把大合唱的精髓与魅力演绎得淋漓尽致。

在那个简陋的露天水泥坪里，文联主席不厌其烦地指导着那支基础较差的队伍，女声部、男声部、高音部、低音部，直到深夜。离开的时候，合唱队员们围着我们，紧紧握着我们的手，久久不放。他们眼神里都是感谢，有的还流下了眼泪。那场景如今回想起来仍令人感动。淳朴的人，在自己感动的同时也在感动着别人。回来的路上，凉风徐徐吹向车窗，大家默不作声，沉浸在刚刚的感动里，想着一个关于朴素的深奥问题。

那段时间，我也很忙，但忙并快乐着。白天跟着主席到各单位督查，晚上静下心来写晚会主持词，像春晚除了主持词还要构思语言类节目如小品等。为了写出满意的串词，对于不熟悉的节目尽量去排练现场体会感悟，记得最远的一次是开车一个多小时去湘东钨矿，他们有两个节目参演县“五一”劳动节晚会。

最隆重最热闹的一次活动是庆祝建党九十周年“颂歌献给党·唱响茶陵”大型红歌会，全县有党群人大政协机关、政府机关等十个系统四十七个代表队参演，参演人数上万人。人数之多、规模之大、范围之广，创我县群众文化活动之最。红歌会分五场举行，五场晚会的主持词我尽量将所选歌曲内容与各单位的特色与成就联系一起，并用诗歌般的语言表达出来。晚会进行到最后，全场观众起立，挥舞手中五星红旗，高唱《走向复兴》，整个影剧院内成了欢乐沸腾的海洋。

在一次又一次的大型活动中，我认识了一批德艺双馨的文艺人才。他们有终身从事湘剧事业的老演员，有一辈子献身舞蹈事业的教育者，有一直从事文艺工作的组织者……他们有一个共同点，都是各艺术门类的领军人物或拔尖人才，但又为人谦和，生活朴素，全身心投入到艺术中去，从不计较个人得失与名利。也许是有文化艺术的恩养，少了一些世故和心机，始终能保持人性的本真和单纯吧。与他们交往，有如沐春风般的亲切和温暖，无形间也会影响到我的言行。

扫地僧

老李走在人群中，丝毫不打眼。一米八的身高，灰白的衣服，灰黑的头发，长方形的脸，加上宽而有型的嘴巴，既像工人又像保安，朴实、憨厚又踏实。

同事围桌用餐，旁人或大快朵颐，或谈笑风生，唯有他始终不语，也没有发出任何吃饭的声响。一个大男人，坐在我们身边，悄无声息，仿佛没有这个人似的。他吃得也少，无论桌上有怎样的美味佳肴，他不会多吃一口饭，不会多夹一筷子菜，当我们吃到五分饱的时候，他已停下筷子，正襟危坐，或悄然离席。

有一次，我当着大家的面问他，能做到食不言，已经难能可贵了，还能吃得这么少？他说，吃多了是一种浪费。他是东北人，当这句标准的普通话从他嘴里字正腔圆地说出来时，大家深为叹服，可也自愧弗如，因为美味当前，还是忍不住贪食。

走进他的办公室，只见满室书籍报刊，摆放得整整齐齐。负责单位后勤工作的他坐在靠窗台边的办公桌旁，专注于手中活，报刊分发、文件登记、资料归档……小鸟在窗外樟树上叽叽喳喳，风从林子里闯进来，带着清新，合着室内淡淡的书香，令人心静神宁。

他并非行伍出身，却有军人风范，做事一板一眼，手脚利索，动作轻快。办公室事杂又多，他应付自如，游刃有余。别的科室有事也会喊他帮忙，诸如跑腿、搬重物等，他欣然应承，从来没有以任何理由拒绝对方，而且完成得非常好。有时遇到手头事情比较多，他加班加点也会把交给他的事情办好。

我曾经以探究的眼光观察他，譬如一个微妙的表情，一个细微的动作，但找不出任何蛛丝马迹的作秀或伪装。他仿佛天然一个好人，事无巨细，不分内外。没事时，他还会去各个科室找事做。遇到单位参加球赛等活动，他全程做好后勤服务，准备茶水，照看衣物，拍照等，忙得不亦乐乎。每逢周末或假期，他在群里温馨提示大家记得切断电源，殷殷叮咛，暖人心扉。单位仿佛就是他的家，他像个保姆或保安一样，呵护着和保护着这个家。

由于他在做这些事情时，总是乐此不疲，久而久之，大家找他帮忙就成了习惯。但是在对他说的那声谢谢中，便多了几分真诚和感动。有一年，大家感恩他，推荐他为工会补助的困难职工，不料他竟拒绝了，理由是，单位对我已经够好了，把名额让给需要的人吧。

老李平时寡言少语，不该说的话不说，该说的话也说的少。当人们高谈阔论时，他是最忠实的听众，不过偶尔冒出只言片语，常会惹得大家开心大笑。时间久了，大家便喜欢逗他说话。有时在争论某个问题，也请他来评价，他言简意赅，切中要害，令人敬服。记得在一次干部职工务虚会上，所有人都要围绕“去年怎么看，今年怎么干”这个主题发言，老李要留守办公室，因而第一个发言，来不及准备的他顺口说道：“火车跑得快，全靠车头带，领导带好头，群众有劲头。”会场忽地响起热烈的掌声。

或许每个单位都有一个扫地僧似的人物，胸有大智慧，却深藏不露。他们身处底层，在平凡的日常劳作中，葆有蓬勃的生命张力，最终赢得了大家的认可和尊重。不久前，在单位的一次工会活动中，其中一个节目要求大家选出心中最欣赏的人，结果，这位朴实憨厚的东北汉子，成为大家公认的最受欢迎的人。

二

她叫小芳，这名字真是适合她。小鼻子、小眼睛、小嘴巴，上天又把它们巧妙地组合在一张小小的鹅蛋脸上，加上个子也小，竟然幻化出一幅精致灵巧、娇俏动人的模样。不抹胭脂也粉面含春，不施眉黛却顾盼生姿；娇嗔时不怒而威，嬉笑时童真毕现。素面朝天也就罢了，还脚踏平跟鞋，随便披一件肥肥的大衣，这气场，这自信也是爆到天了。

都说女人是因为可爱才美丽，在小芳的可爱面前，可以忽略她的长相。也就是说，这种可爱放在任何长相的女人身上，都会熠熠生辉，魅力无穷，何况天生丽质的她。

比如说同事一起谈到恋爱经历时，小芳说是她先追男朋友的。她直接对他说，我喜欢你。他羞涩又掩不住喜悦地回道，我也喜欢你。一世良缘就这样开始了。

比如说上次单位工会活动时，她迟到了。众目睽睽中，她向部长请罪。

“部长，我认错，今天我迟到了。”

“我知道，你是因为堵车了。”

“部长，不是的，迟到是因为我顾着和帅哥聊天去了，聊着聊着就忘了时间。我一定会认真反思，这种贪恋美色，不讲政治的行为以后不会再犯。”

说完，全场笑倒。部长也笑了：“如果是这个原因，是可以理解的。”

比如说在单位干部职工务虚会上，所有人都要围绕“去年怎么看，今年怎么干”这个主题发言。轮到小芳时，她站起来，下巴微扬，眼神坚定，声音清亮，两片嘴巴子一张一合，气场十足：“2020 年，一半时间在休假，一半时间在工作，一半时间在怀孕，一半时间在带孩子，多了一个身份，融入了一个大家庭，提高了一种工作能力。”

看她煞有介事的样子，大家忍俊不禁。

“2021 年，我希望分管领导少点建议，先让我自己来想想。我以前有个领导讲，一个下属怎么才算做到位，只要领导回答两个好的。任务下来时，跟他说任务是什么，我觉得要怎么做，他说好的；任务完成好了后汇报，他说好的。”

大家微笑颔首。

“其次我写的材料希望部长少点儿修改，因为领导是宏观把控者，我们是具体落实者，要尽量让领导少操心，不烦心。但是今天早上有点淡淡的忧伤，因为材料修改得很多，耽误领导的时间，感到很内疚。”

大家心有所触，忽地一暖。

劈里啪啦的一番话，从一位二十六岁的小姑娘嘴里说出来，有思想，有主见，又单纯清澈，不媚不俗，让人耳目一新，刮目相看。会场立即响起了热烈的掌声，部长也说她人小鬼大，并补充说这个词用在这里是褒义词。

没事时，我喜欢去小芳办公室转转，不说话，看看她也是好的，但她几乎每次都是对着电脑忙着写材料。

我问她辛不辛苦。她说：“还行吧，多数人认为的苦，我总能看到其中的甜。总的来说，生活很是美好，未来值得期待。”

我感慨道，满满正能量，你很上进也很勤奋。她呵呵一笑，我把所有的耐心和贤惠都用在了工作上。

嗯，心在哪里，成就就在哪里。小芳，加油。

三

那是春天的一个下午，单位所有党员干部在会议室里集合，准备开会。

办公室老李把早就准备好的白纸发给每个人，并把所有人的手机收起来，堆放在一旁的茶几上。

人家捧着这张白纸，面面相觑，满眼疑惑。

这时，部长发话了，开会之前，我们来个小小的测试。

气氛陡地紧张起来了。

这位来到茶陵县工作已半年的部长，曾到美国斯坦福大学留过学，系北大法学博士。他是河南人，外表仁厚而不乏帅气，心地澄澈而又机智风趣幽默，尤其是隐藏在眼镜背后的那双眼睛，时常闪烁着智慧和灵敏之光。听他讲话，内容宏阔，观点新颖，讲到兴起，他的语速加快，奇思妙句如粒粒珍珠般蹦出来，一些诗词也恰到好处地点缀其间，诸如“高峰入云，清澈见底”等，让人于轻松愉悦中开阔眼界、增长见识、拓展思维。

除了这些，他还有一个特点，就是时不时地发问考考大家，让人措手不及。譬如他讲到中国新民主主义革命的三大法宝时，会突然问三大法宝是什么；在讲到精准扶贫时，他会点名问精准扶贫的标准是什么；每次开会后他都会留下一句禅语让大家去感悟，如“石上栽莲收成好，梦里说法听者稀”“心地清净方为道，退步原来是向前”等，会后他会考查大家感悟得怎样。

他不仅在会上考，会下也会考。记得有一次单位党支部赴醴陵参观左权将军故居及渌江书院开展“不忘初心，牢记使命”主题党日活动，在渌江书院山长室左宗棠曾为渌江书院撰写的对联“身无半文，心忧天下；读破万卷，神交古人”前，他让大家转过身来背对着对联，问谁能把这副有名的对联背诵下来。

当然，上述这些所谓考试只是口头上的，带有很大的随意性。而像现在这样正儿八经地发下试卷笔头测试，还是头一回。会议室异常安静，空中充溢着一种考场特有的严肃氛围，所有人的眼睛忐忑不安地望着部长。

部长终于说出考题了：“几天前我在《新湘评论》上发表拙文一篇，请你们把错误之处写出来吧，时间控制在一分钟之内。”

原来是考这个！

博士部长不仅博学，也善于思考，并笔耕不辍，他曾在省级以上期刊发表调研理论文章上百篇。有一天，他看到老师——北大教授潘维的《信仰人民：中国共产党与中国政治传统》一书时，不觉眼睛一亮。这本书阐述了中国共产党如何从中国悠久的“民本”政治传统中汲取精华，提高组织社会和群众的能力的过程等内容。他从中得到启发，写下一篇《激活“小细胞”　迸发“大能量”》的理论文章，发表在2021年《新湘评论》第4期。文章列举了“枫桥经验”“屋场会”“门前三小”等经典做法，从尊重群众主体地位、站稳群众立场、推进新时代文明实践中心建设、增强基层党组织号召力四个方面阐述如何激活广袤大地的人民这个“小细胞”，迸发强劲有力的“大能量”观点。语言铿锵有力，用词精炼精准，说理环环相扣，事例典型接地气，堪称精品力作。

当时办公室主任把文章分享到群里后，部长曾在群里留言：“拙作有一大错误，添堵了，抱歉。”因为编辑的原因，把“株洲、张家界等地以‘屋场会’‘昼访夜谈’方式架起‘连心桥’”一句中的张家界改成了攸县，而且株洲和攸县是附属关系，不是并列关系，这里用了顿号明显是不妥的。不久，办公室主任又把更正好的内容发到群里。

接下来的情形是，有人迅速答出来了，有人因没有看而交了白卷，有人说看了三遍，也没发现，有人甚至把正确的地方说成是错误的。会后，大家一起交流着、感慨着、懊悔着，没想到部长会来这一着，以后还是沉下心来，认真学习，踏实工作，勤于写作吧。

部长说，这次测试没别的目的，仅仅是考察大家的观察能力，从而养成认真阅读和善于观察、深入思考的习惯，努力在学习中成长。

巧合的是，2021 年 6 月 23 日晚，株洲市委书记曹慧泉在全市年轻干部代表座谈会上向青年干部们推荐了三本书，劝勉青年人要勤学善思，北大教授潘维的《信仰人民：中国共产党与中国政治传统》一书就是其中一本。

俗话说，有什么样的领导，就有什么样的团体。自从博士部长来到宣传部后，一种博士的磁场和气息，弥漫在整个办公楼，无形间影响着每个人的言行举止、思维方式和工作方法。

书香四韵

一

读书不觉已春深，一寸光阴一寸金。

不是道人来引笑，周情孔思正追寻。

——王贞白《白鹿洞二首·其一》

每次读到唐朝王贞白的这首诗时，都会深受感动。

这是诗人在白鹿洞求学时的自我写照。对于爱读书的人来说，四季皆可读书，但是又有哪一个季节比春天更令人舒适的呢？春读书，兴味长。此时，阳光明媚，惠风和畅，草长莺飞，鸟语花香。捧一卷书细读，花香伴着书香，春光伴着灵思，只觉心旷神怡，逸兴遄飞，可谓“人读花间字句香”。而白鹿洞又位于今江西省境内庐山五老峰南麓的后屏山之南，那里青山环绕，绿树成荫，环境幽雅，春天的白鹿洞应是读书的最佳境地。可是诗人爱书如命，徜徉在书的海洋中，竟然忘记了时间，一任春光在书外飞逝。待到道人来访时，才从儒家典籍的世界回到现实中，蓦然惊觉，春天已近尾声。

这首诗里有一种动人的生命特质，那就是专注。诗人读书到底有多专注呢？物我两忘，人书合一。白鹿洞的道人已经很能耐得住寂寞了，静得下心了，而诗人却需要道人来引笑，才从书的世界里走出来。读书读到这种境界，实在令人沉醉。

第一次读到这首诗时，正在一所中学就读。受这首诗的影响，许多个秋天的黄昏，我走出校园，在校园周围的菜畦旁读书。整垄整垄的青菜萝卜们非常安静，不会打扰我。我也心无旁骛，不会惊扰它们的清净。当我起身离开时，回头看看，夕阳已下山，萝卜青菜们依然安静地生长在自己的世界里。此时，头脑清净无物，心里有种满足的喜悦感。

后来我参加了工作，成了一名教师，依然迷恋这种专注的生命品质。

有一年春天，我在五楼的教室里布置大家读书，自己踱步到后窗。窗外，一望无际的油菜花幸福地怒放着。几处人家，掩映在郁郁葱葱的大树下，漂浮在油菜花的海洋里。鸟儿叽叽喳喳，在天空中飞来飞去。而这几十位学生，整整齐齐匍匐在课桌上专心致志地阅读，他们全然忘记了窗外的灿烂春光，根本听不到窗外这个世界的“音乐”。我在后窗边金黄色的窗帘旁，感动得不知所以。

专注是读书人最宝贵的品质。因为专注，所有外在人事上的干扰都从心灵中摒弃，心境宁静得如井水般清澈，如海洋般深广。心灵的翅膀穿越时空，纵览千古，横历八荒，看到更多美丽的风景，听到更多悦耳的声音，从而把握生命的全局，提升自己的精神境界，获得心态的平和深层次的喜悦。

一个专注阅读或做事的人，不管外界如何变化都不动摇，不被打扰，这样的人生必定是幸运而幸福的。而那些整天高喊着空虚和无聊的人，实在是因为不能专注读书，感受不到读书的陶醉和陶醉之后无穷的回味。

正是因为专注，诗人才会惊觉流光飞逝，而要读的书还有如此之多，如同庄子说的“吾生也有涯，而知也无涯”。面对春意阑珊的院子，他大发感慨：一寸光阴一寸金。这句诗后来成为劝勉世人珍惜光阴的千古流传的至理名言。

人生短暂，如同白驹过隙。那么，怎样珍惜时间呢？我认为，珍惜时间最好的办法还是专注。因为专注可以把自己的时间、精力和智慧凝聚到要干的事情上，最大限度地激发潜能，实现价值。我们无法拉伸生命的长度，但是可以拓展生命的宽度，让每一寸光阴都发出金子般的光芒，让每一分每一秒都充满宁静和喜悦之美。

二

夏至后，天地间便有了另一番景象。阳光越来越热，树荫越来越浓，雨点越来越频，蝉儿也开始振动它薄薄的羽翼，弹奏起一支支动人的交响曲。

每个清新明丽的早晨，太阳开始了它一天漫长的旅程，一声接一声的悠长低吟，拉开了又一天火热演奏的序幕。随着日影移走，气温越来越高，蝉也会朝着最热最亮的方向唱得更欢。悠长而清脆的声音，此起彼伏，相互交织，漫无边际，充斥在天地间。

“蝉噪林逾静，鸟鸣山更幽。”静，是要有声音的静，没有任何声音的自然接近于寂灭，反而让人不安。在我看来，一切大自然的声音，鸟叫虫鸣，风声雨声，由自然无意识地发出，也终将被广漠寂静的大自然所吸收融化，成为有声音的静。尤其是这从小就陪伴我们成长的蝉鸣，彷如远古岁月里的一首童谣，早已印在记忆里，流淌在我们的生命中，有着说不出的温暖和安宁。此时，坐在窗前，泡杯清茶，随意翻开一本喜爱的书，一切外界人事上的干扰都被拂去，剩一个空灵且充盈的自己。

“人皆苦炎热，我爱夏日长；薰风自南来，殿阁生微凉。”记得年少时，没有空调也没有电扇。无数盛夏的午后，大人们都安静地待在家里午休，孩子们则像断线的风筝，在村前屋后嬉闹着，我坐在面北朝南的老堂屋里读书。烈日在空中踱着慢慢悠悠的步子，阳光在檐前屋后投下或长或短的影子。南风一阵一阵从屋后竹林里长驱而入，带着夏天特有的气息。蝉鸣高高低低，深深浅浅，充溢在乡村的每个角落。岁月静美，悠然恬淡，不动声色地流淌。过去未来和现在，仿佛就在此时，在静心读书的这一刻里。那些日子，除了教科书，我看完了家里珍藏的《毛泽东选集》和父亲订阅的一本本《小说选刊》杂志。长长短短的蝉鸣把我的童年烘托得像童话般的瑰丽。

如今有了冷气，却很少开。冷气使得空气脱离自然，也与悠悠的蝉鸣隔了一层。夏的味，夏的色，夏的意境和姿态，变得渺远而陌生。如果实在太热，可将吊扇调至低档，微风习习，仅能吹动鬓角发丝和手背绒毛。扇叶轻轻摇晃，摇晃，如同蝉音的悠悠长长，诉说着那遥远岁月的美好。

“阴雨绵绵懒出门，蝉鸣声中好读书。”在连绵的雨天里和蝉鸣声声的夏日里读书有着异曲同工之妙。层层叠叠的雨声与远远近近的蝉鸣，温暖地包裹着屋宇，可静心静意读书了。而那肆意拉长了声调的蝉鸣，仿佛把光阴也无限地拉长。太阳在天空中慢慢地挪着步子，恋恋不舍。光阴漫长得没有时间概念，映入窗前的幽幽之光似乎走向永恒。这样静谧又悠长的时光，最宜就某个主题系统学习，纵向深入，在知识的海洋里畅游。原来一直懵懂无知的内容，会在一瞬间豁然开朗，脑洞大开，有“蓦然回首，那人却在灯火阑珊处”之感。也可以就某个问题横向发展，旁征博引，顺藤摸瓜。许多不相宜的东西却能找到彼此的契合点，许多近似的内容也能找到本质上的区别。正如朱熹所说的，读书要“涵泳玩索，久之自有所见”。读书只有沉潜其中，反复玩味和推敲，才能获取其味。

读到会意之处，放下书本，在屋内徘徊走动，反复回味。或者起身，静立窗前，聆听蝉鸣。窗外草木欣欣，绿意盎然。阳光细细碎碎地铺满树梢枝头，风儿吹得树叶窸窸窣窣作响，空气中处处涌动着生命的张力。声声蝉鸣，或低吟，或嘹亮，或婉转，或雄壮……那一缕书香余味在蝉鸣声中荡漾开来，绕梁不绝，如同花儿半开，酒至半酣，有物我两忘、妙不可言之感，人生的大境界便也呼之欲出了。

三

人到中年，最宜读书。

好比季节到了秋天，淡了睐人狂之春色，远了迷人眼之乱花，有的只是“点秋江，白鹭沙鸥”般的明净透彻和自在安然。人到中年也是如此，人生阅历日渐丰富，视野日益广阔，一颗心渐渐变得淡定、平和与宁静，这种心境，最易得读书之意趣。

清代文学家张潮在《幽梦影》一书中写道：“少年读书，如隙中窥月；中年读书，如庭中望月；老年读书，如台上玩月。皆以阅历之浅深，为所得之浅深耳。”这句以赏月为比谈读书体会的名言，同样表明了阅历的浅与深，决定了从书中体会的浅与深。的确如此，没有丰富的社会阅历做底子，那些立意高远内涵丰富的作品，是很难真正读懂的。正如杨绛先生说：“年轻的时候以为不读书不足以了解人生，直到后来才发现，如果不了解人生，是读不懂书的。”

人到中年，家庭已有，事业已立，读书不再为了应试，为了功名利禄。这种没有目的性的阅读，反而更为纯粹，更易得读书之乐。相较于年少时书籍的匮乏，如今的我们正赶上了读书的大好时机。各种书籍，古今中外，五花八门，应有尽有。去书店、阅览室读纸质书，对着电脑手机读电子书，在做家务事或睡觉前听书，可谓随心随意、随时随地都能享受读书之趣。此时，随着自己的兴趣爱好，可以就某个问题掘地三尺，系统深入，顺藤摸瓜，一探究竟，获得生命智慧。也可以沉浸于诗文，或纵情于经典名著，或潜心于诸子百家，涵其幽趣，泳其雅韵，举一反三，融会贯通，让生活的体验得到延伸。正如美国作家乔治·马丁所说："读书可以经历一千种人生，不读书的人只能活一次。"

因此，很多人感叹道，书读的越多，越觉得自己的浅薄，对这个世界知识体系的庞杂和博大精深充满敬畏之心。"中年读书，如庭中望月"，这个"望"字就带有仰望、敬仰之意，读书也就更趋向于理性和主动性，更能激发阅读中的悟性，更好地开拓心智，从而学会把握生命全局，提升自己的精神境界。

人到中年，在华灯初上的夜晚，或阳光灿烂的周末，持一本书于茶香氤氲的书房或洒满阳光的阳台上阅读，仿佛是在纷纷扰扰的世界中给心灵安放一处世外桃源。一切外界人事上的干扰皆已从心灵中摒弃，精神越来越集中，思想越来越专注，内心越来越宁静愉悦。这对工作压力大的中年人来说，也是滋精补气、调节身心的最佳良方，所谓"读书有味身忘老"。当新的一天到来，又以饱满的精气神投入到紧张的工作中去。

四

年少时读《红楼梦》，多以跳读的方式，只关注宝黛爱情，沉浸在他们的爱恨纠葛中，或喜或悲，或哀或乐，浑然忘我。尤其是那首《葬花吟》，曾因痴迷而反复吟唱过好多年。

再读《红楼梦》，已是人到中年，一颗浮躁的心早已沉静下来。我用两个多月的业余时间慢慢品读全书，其中之味，竟让我如痴如醉，欲罢不能。

《红楼梦》不仅仅是一部简单的爱情小说，它内容恢宏，包括文史哲理、琴棋书画、工艺美术、服饰宴饮、保健医药、园林建筑等各个方面都有详尽的描述，可谓包罗万象，称得上是一部封建社会的百科全书，令人叹为观止。然而最扣人心弦的还是小说中对人物的描写。书中涉及的人物多达数百，却百人百面，各具其态。每一个人物，不管是贵为主子还是卑为仆人，他们的一言一行、一见一识，细思细品，深有意趣，耐人寻味。哪怕是只出现过一次的小人物，那寥寥几笔，也是栩栩如生，过目难忘。

读《红楼梦》的日子正值立冬前后，阳光灿烂的日子，持续了二十多天。每次从书中的世界走出来，或是晴空丽日的晌午，或是暖阳微醺的午后，或是月洒清辉的夜晚。一个人在小区里徘徊，或在樟树下静坐，只觉阳光、鸟鸣、清风、树木比往日更美，更悦耳悦目，内心的快乐，不可名状。经典名著的魅力，永远使人着迷，欲罢不能。

人到中年再读《红楼梦》，愈加觉得它是一部佛书，一部教人走进生活在红尘深处修行的书。书读完后，有好长一段时间，小说中各个人物的形象和言谈举止充溢在头脑里，热热闹闹，精彩纷呈。言为心声，小说中每个人物的言行，都是内在秉性的真实再现，细心的读者能分辨出聪慧或愚痴、豁达或褊狭、率性或圆滑、忠实或狡诈……同时也会反观自身，设身处地，自己会说出怎样的话，怎样处理复杂的事情？在不断的对比中找出内在的不足，去掉贪婪、妒忌、愚痴、傲慢等负面情绪，持一颗仁慈之心，宽容地对待生活中的每一个人，智慧地处理庸常之事，维护好亲朋好友邻里之间的关系，营造一个智慧通达的人生，这既是优秀的处世哲学，也是一个不断完善自我的过程。

简单生活

一

下班后，我会继续待在办公室阅读，一直读到天黑，才恋恋不舍地回去。

这是我多年来形成的习惯。

这次也是一样，夜幕渐渐降临，办公楼渐渐安静，直至寂静，连同整个院子。但我在这样的环境中读了大约半小时书的样子，便停下来了。因为我想起我们的约定，选一个下班后的时光，两人去爬山，或者散散步，主要是好好聊聊。

这是我们之间的默契。隔一段时间我们就想相聚，交流，倾诉，相互勉励。然后又以一颗饱满欢喜的心投入现实生活中去。

可是这几天天气不是很理想，白露节气一过，气温骤降，冷气袭人。念着这些，便拨个电话过去。电话那头响起了你熟悉的声音，这声音太甜美了，足见你性情的温和柔美，这都来源于你的修持，来源于你那颗柔软的心。

你说你还在办公室，只剩一个人，对面的同事在休年假。你说完成工作后，便把所有时间沉浸在一本书的世界里，直到我的电话把你叫醒。

你说，办公室好安静啊，无人打扰，听不到任何喧哗声，只有窗台上自己种的花草在默默地陪着自己。满室书香，满心喜悦，这真是世间最美的事情，也是最幸福的事情。

我会心地笑了，“你知道我在哪里吗？我也在办公室里，办公室里静得只有我说话的声音。”

“我知道你也在办公室里，和我一样体验着相同的喜悦和幸福。”

我们两个人开心得哈哈大笑起来。这的确是一件奇妙的事情。两个年纪相近，信仰相同，兴趣爱好一样，都喜欢写点唯美文字，又都相互欣赏的女子，在同一个城市不同单位但同样寂静的办公室，做着相同的事情，安静地阅读。

你说，你坚信宇宙中有一种力量，它能将磁场相近的人连接在一起。

此刻，我们就紧紧连接在一起，心与心贴得这样近，好多话都是多余，因为彼此懂得。一个人的快乐溢满一个办公室，两个人的快乐溢满一座城，我能感觉到电话那头你深层次的喜悦和幸福。

我们对生活的要求都很简单，吃饱穿暖即可，甚至你茹素多年。素心嚼得菜根香，这些都来源于彼此那颗素淡的心。可是身边的人并不理解我们，亲人担心我们营养不良，朋友们说我们失去了许多做人的乐趣。思维处在不同频道的人怎能理解我们活着的意义呢？

你说，幸好我们彼此懂得。和至亲的人不能说的话，可以在对方面前尽情说，我们之间有聊不完的话题。每次相聚，都恨时间过得太快。

是啊，时间多宝贵啊，一寸时光就是一寸命光，我们都是那种惜时如命的人。我们都懂得来到人世一趟的不易，我们都知道来此一趟的任务和终极目标，我们都希望把有限的时光投入到最值得的事情中去。我们选择晚餐不吃或用一个馒头一点水果应付，我们拒绝所有无用的应酬和喧嚣，为的只是能节省更多的时间，做对人类有意义的事情。

在这个小县城里，能够相遇，从素不相识的两个人到一见如故，彼此督促，彼此鼓励，相携结伴前行，我们对上天这样的安排，充满感恩。

你不知道，当我放下电话，内心莫名喜悦。窗外天色越来越暗了，白露之后的大院，变得清凉而冷静，偶尔掠过一两声鸟鸣，愈显清幽。我把灯光熄了，让室内室外一起静默在天地间。没有一丝风，大地静美，樟树伸开枝丫的黑影印在清灰色的天幕里，像一帧黑白素描。

我立在室内，感受着这些，久久不愿离去。

二

傍晚时分，走出空调房，站在办公楼前的桂花树下，我感受到了一阵阵的凉风，拂过院子里的树、花，所有的一切。繁茂的樟树，浓密的竹林在风中不断地摇摆，摇摆。片片落叶，点点樟树籽，在空中纷纷扬扬地飘下。远处的天空，灰蒙，苍茫——这不是秋天了吗？

我怔住了。

几场雷雨，几阵凉风，天地间就呈现了另一种景象。

这个夏天，在冷气中，窗帘内，忙忙碌碌的俗务中，没完没了的蝉声中悄无声息地逝去了。

我反复地在院子走来走去，看花、落叶、树，感受凉风。好久没有听到院子里的鸟鸣了，其实鸟鸣一直在的，或清幽，或喧闹，有时它们群起，从一棵樟树浓密的叶里，呼啦一声飞向另一棵。阳光静静地照耀着一切，暗绿的树叶，深黄的松针，厚实的杂草。凉风带着它们的气息隐隐袭来，秋天的况味越来越浓郁了。

而这一切，天天就在我身边，只因我忙于工作，无法静下心来盘点思绪享受自然。天色越来越暗，时光，又在我的脚步中，眼皮下，溜走了。

大街上，华灯初上，车辆一部接一部呼啸而去，行人匆匆，神色也匆匆。超市，小卖部，宾馆，修理店，所有的人，都在忙忙碌碌，几乎没人停下脚步关注身旁物候。

比起植物来，人类总是活得过于匆忙，所以常常走失在人生的四季，远不如植物淡定，从容，随季而开，循香而落。

时光渐行渐远，脚步应渐行渐慢。

也许我们都应该松一下绷紧的心弦，让自己在寻常的日子里，过得像白云一样轻盈，清风一样悠闲，流水一样从容。

周国平说："老天给了每个人一条命、一颗心，把命照看好，把心安顿好，人生即是圆满。把命照看好，就是要保护生命的单纯，珍惜平凡生活；把心安顿好，就是要积累灵魂的财富，注重内在生活。"人的使命就是尽好老天赋予的两个主要职责，好好做自然之子，好好做万物之灵。

生命的最佳状态，即是心平如镜。

唯有水面平静，才能映出完整的月亮；唯有心静如水，才能接受宇宙大自然良好的信息和能量，与清风、鸟儿、树木对话。

某个黄昏，当我从阅读和写作的世界里走出来，来到夜幕笼罩下的院子。院子里静谧得只剩下风，霓虹灯在树丛间亮着，月亮早已挂在天边，清冷的光辉，淡淡地照耀着人世间的一切，远方隐隐约约传来人们的喧哗声，我的内心有微微的喜悦。我明白，这是心境平静状态中的喜悦。

我希望能时时保持这种状态，从而成为生命的常态。

第六辑 窗前便是松杉林

站在窗前凝视外面繁茂的松杉林，实在是一件很有意思的事情。植物们高矮不一，千姿百态，色彩斑斓。林中充溢着各种鸟鸣，蟋蟀在草丛里纵声欢唱，蝴蝶、蜜蜂和各种不知名的昆虫在这里飞来飞去，池塘里蛙声一片，蛇、老鼠、蚂蚁在地下演绎着丰富多彩的生活。风、雨、阳光、明月经常光临，和它们一起举行盛大的聚会。

大自然真是一个神奇而又美妙的世界。

松杉林

一

在县委大院工作十二年了，我大部分时间就在一楼这间原为仓库的办公室办公。

和二楼一样，窗户没有窗帘，推开三扇窗叶，阳光、清风、鸟鸣、泥土的气息扑面而来，树木、花草就在眼前身边。与二楼只能欣赏到树木上半截的枝枝叶叶相比，一楼更接地气。对于常年住在高楼层的现代人来说，这种零距离与大自然亲密接触的感觉，让人踏实安宁，是久违的儿时的味道。

主楼后面是当年盖大院时栽下的松杉林，林子和窗户之间，隔着一块长方形花圃，由一排栀子、女贞树和茶树合围而成。茶树和女贞树一起植在靠墙边，茶树叶的深绿和女贞树的翠叶错杂着，层次分明。其间又点缀着暗红色的叶子，那是一朵朵新长出来的茶叶，又好认又好摘。栀子树靠着路边，和路那边的四季桂一样高，彼此沿着小路像两条绿色的长龙一样蔓延着。

花圃里有铁树、月季、山茶等花木。铁树年岁已久，有一层楼那么高了，枝叶散开来，像一朵硕大的绿花，四季常青，四季怒放。人们常说“铁树开花，哑巴说话”，指的是铁树开花太稀罕了，很多老人一辈子没见过铁树开花，故有“千年铁树开花”的说法。但我在院子里看到不少铁树开了花。当我第一次看到松杉林边一棵铁树举起一只金黄色的宝塔，又像一根大玉米棒子时，竟然吓了一跳，后来才反应过来这可能就是铁树开的花。不久我又在大院前门右侧的树圃里，看到一棵铁树也开了花，就像一个绣球，与之前看到的不同。在网上查询才知道，铁树开花实际又分公与母，雄铁树开柱状花但不结果，雌铁树开圆盘状花而且结果。若环境适宜，铁树二十年左右开一次花，同时进入成熟期。由于铁树难得开一次花，因此人们赋予铁树开花以美好和幸福的象征，同时表明了它所生长的环境县委大院是非常怡人的，充满了人性与爱心。

山茶树冬天开花，一小朵一小朵大红色的花，缀在绿叶间，一副穿着绿底红点子花的乡村巧媳妇模样。月季似乎一直在开，那种玫红色，在绿意葱茏的初夏很是打眼。

有了这块花圃，从窗户望过去的视野便宽阔多了，树林上空露出巴掌大的一块青碧，映得办公室足够明亮。花圃那边一排卫兵似的杉树，两边庞大葳蕤的樟树，密林里根根耸立的松树，以及花圃里的一花、一草，千般姿态，万般风情，尽收眼底。它们都是常绿草木，无论哪个季节，满眼都是深深浅浅的绿，仿佛跌宕起伏的音符，充满友爱，对待我如同朋友。就像顾城诗中所说的：“草在结它的种子 / 风在摇它的叶子 / 我们站着，不说话 / 就十分美好”。与草木为伴，不用说话，就十分美好。

二

我从来没见过哪个公园或机关大院像茶陵县委大院这样，有这么大一块面积的松杉林。上百棵桶粗的马尾松遍布后院，四季常青，掩映着几栋两层小楼。

看到松树，我总会想起那些隐士高人。“松下问童子，言师采药去。只在此山中，云深不知处。”这是唐朝诗人贾岛写的诗《寻隐者不遇》，诗中隐者以采药为生，济世活人，是一个真正的隐士。小童的天真答话，以隐者出没云中，把人引向了一个高远的境界，生动透露出其洁身自好，高蹈尘外的精神面貌。

几千年来，松树一直被文人们传唱不止，成为一个饱含文化内涵的经典意象。“瘦石寒梅共结邻，亭亭不改四时春。须知傲雪凌霜质，不是繁华队里身。”人们习惯把松树与寒梅看作同类，不浮华，不虚荣，犹如雪中高士。从松树的身上，我们看到了坚贞不屈、傲然挺立、有德有才的君子形象，他们心存大义，有仁德之心，有贤能之才，不会因个人得失而失去坚守，不会因为人生顺逆而改节易操。

如今，这坚韧不拔的、淡泊清高的隐者就在身边，一个县委机关大院内。这种布局一方面寄托了当初栽树者的某种心愿，另一方面也营造了一种清新脱俗的氛围。在去食堂用餐的路上，或在篮球场上纵横驰骋时，随意抬眼便可看到它们超然物外、舒展淡定的形象，令人肃然起敬。

我们这一代人，都有过砍柴烧柴火的经历。去大山里捞松针，春夏之季会遇到可怕的毛毛虫，男孩子喜欢用树枝杈着去吓唬女孩子。秋冬时节，伙伴们分开两组用松球打仗，打得松球如雨点般散下来；累了，就卧在松下听松涛声，看松鼠偷偷溜来吃松果，突然大喝一声，把松鼠吓得没命似的逃跑……所有这些，都是儿时美好的回忆。

松针是最好烧的柴之一。它柔和光滑，手感比较好。从柴窝里抱一捆放在脚边，人安然地坐在灶旁，一把接一把地散入灶里。松针燃烧得充分热烈，只有淡淡的青烟升向上空，柴房里到处弥漫着松脂的清香，四周安静得很，仿佛又置身于深山老林里。也许是这个缘故，在古代，松针还可以用来熏香。晚明文人董若雨《采杉曲》诗前便有小注：“余出新意，采杉肤，杂松叶焚之，拂拂有清气。”现在也有人喜欢收集一些松针回去，放在一个小布囊里，悬在床头，取其清气。

松球烧起来的火焰微弱，不适合煮饭。但它经久耐烧，是冬天烤火的最好材料。老人血气渐衰，阳气不足，必备手提烤火笼，烤火笼里常用的就是松球。她们提着烤火笼，东家西家地串门。村头村尾，都飘着松脂的清香。

现在走进大院松杉林里，也有深山老林的感觉。一棵棵笔直的松树，树冠如盖，是鸟儿的天堂。树干粗壮得一人合抱不了，树皮皲裂成美丽的鱼鳞状，上面有各种形状的文字或图案，像是揭示着生命的真相与密码。空气中充溢着松脂的气息，清凉又清新。

秋冬时节，松针松果不断地落下来，打在路上、草丛间，不久就被清洁工们扫得干干净净。有风的清晨或黄昏，坐于林中石上听松涛声，是对这段时光最好的交代。松涛声忽远忽近，时急时缓，急时如滚雷般怒吼，缓时如浩瀚般深沉，一阵一阵洗涤心中杂念。

据说原来的松杉林里树木密不透风，2008 年那场五十年难遇的特大雨雪冰冻灾害来袭，不少树木遭到毁坏。园工们又在空白处补上香樟、小叶女贞、苦楝、红豆杉、广玉兰、木荷等树。松杉林的树木种类越来越丰富了。

松杉林是院子里地势最高的，从将军楼那边看过来，像一个小小的山丘。2010 年，真实再现湘赣边三年游击战争生活的电影《湘东挺进队》，有几个镜头就是在这里取景拍摄的。影片中展现的一棵棵粗壮笔直的松树，那熟悉的场景，令人倍觉亲切。

如今，林子里铺上了鹅卵石小道，曲折迂回，四通八达。小路之间，又设有几个椭圆形的石坪，周围绕着各种形状的石凳，供人们休息。林子中央，建有一个木质八角凉亭，砖红色的柱子，映在深林中，古色古香，整个林子便生动起来了。

三

当年栽下的松杉树，现在剩下的已不多，只有数得清的十几棵排列在我的窗前。杉树过去就是地势低下去的篮球场，这排杉树就像一队卫兵，成为篮球场一侧的护栏。

看到这些杉树，总想起“杉”这个字，多形象。“木”就像杉树的主干，笔直高挺，端庄稳重；“彡”就像杉树的枝，绕着主干轮状分支，粗壮斜挺。如此，整个树形如同宝塔，枝枝叶叶分散下来，因此，“杉树”也叫“散树”。杉树的枝和叶子，也像“杉”这个字，小枝笔直地斜向下方，枝上生分茎，茎上密布针形的叶子，整整齐齐，如一把把小梳，活灵活现一个“彡”字，不得不叹服古人的造字艺术和植物构造的神奇。

很多时候，我恍惚在办公室窗前，觉得这排杉树就是一排“杉”字，一年四季，总是以挺拔静穆的姿势，默默伫立着。它们春天开始长叶，在枝端呈喷射状散开，翠绿鲜嫩，油亮澄碧；到夏天，颜色渐成墨绿；深秋，老叶开始枯黄，但老去风骨在，枯枝老叶依旧以往日的姿势持续好长一段时间，才陆续落下。因此，秋冬时节，我看它们总像是一个个胡子拉碴不修边幅的野人。

院子里还有几种杉树，分别是位于松杉林西边作为行道树的台湾杉，松杉林北边近几年才植下的红豆杉林，前院坪里两棵雪杉，它们都属于形态优美观赏性很强的杉树。而窗前的这排杉树应是我们本地最常见最普通的一种铁杉。在山区，随时可以看到满山满坳茂密葱郁的杉木林，一排排，一列列，如阅兵式的严整，凛然生威，气势磅礴。远眺，只见山连着坡，坡连着沟，沟连着坳，如同望不到尽头的深蓝色大海。风掠过山林，绿浪涌动，便如《且听风吟》里吟唱的那样："山林里风歌唱，一重重如海浪。"

在乡下，房前屋后，田里土里，几乎也能看到它们的身影。人们愿意待在樟树下乘凉聊天，喜欢立于松树下听风，却极少挨着杉树。杉树一身刺衣护身，将内质包裹得太严实，叫人难以接近。因此，人们习惯把杉树种植在院子或菜园周围，作为天然的防护墙。而杉树也很随意，不挑剔，不拒绝，随遇而安。山坡、地头、路边均可栖身，独居、群居、杂居皆能自得，在属于自己的那方空间里静然安好。

在办公室待久了，我偶尔会来到这里散散心，在这排杉树前伫立、徘徊，或坐在旁边一颗石头上休憩一会儿。枯萎的杉枝陆陆续续落下来，扎在草丛中、黄泥土里，年深月久，会积上厚厚的一层，踩上去"咯吱咯吱"作响，脚下却是软绵绵的，很舒服，是岁月沉淀的味道。风从远方呼啸而来，肆无忌惮地穿过篮球场，杉树发出"西里西里"之音，这种声音静谧幽深，总让人想起儿时去深山捡杉枝的情形。一担柴挑在肩上，又轻又松又软。大家排好队，一个紧跟一个，迈着细碎的步子，如一条黄褐色的长龙一般，从深山里蜿蜒而出。

杉枝是最好烧的柴之一，梳子一样整齐的针叶，均匀地燃起火焰，又安静又热烈，柴灰又少。杉枝也常常被用作教训孩子们的工具，大人会把杉枝高高插在墙壁砖缝里，若是不听话，拿下来做做样子，孩子们便不敢了。

杉枝满身是刺，但杉树皮却绵软舒适，纹理清晰顺直。粗壮挺直的树干适用于建筑、桥梁、造船、电线杆等，村里的一些老民房、古居用的都是杉木。它木质细密，耐腐防虫，不论粗细大小，只需稍经雕琢即可成为各种家具以及工艺品等，用途极为广泛。

如此看来，在杉树严肃的外表下，和樟树一样，也有一颗温和慈悲的心，看似拒人千里之外，其实是以君子之交淡如水的方式，默默地向人类表达它的爱。

四

栀子花要开的时候，我便天天去看木荷。它位于松杉林的边缘，与主办公楼相对，中间隔着栀子花围成的花圃。

在我眼里，木荷树是极其优雅的。它的树干笔直，从树兜分成两根，并排而上，与林子里的松树一起高高耸入空中，蔚然成荫。它的树皮呈鱼鳞状，紧致美观。它的枝丫从腰部开始，一层一层向两旁斜伸，在接近枝端处微垂，然后再向上举。枝与枝，叶与叶，错落有致，秩序井然。站在树下往上看，木荷树就像一位彬彬有礼跳着华尔兹的舞者。它欢快地舞着，旋转着，枝叶朝着蓝天，满心都是阳光与喜悦。

然而它又是清高的，冷峻的，拒人千里之外的。在它的身下，地面光秃秃的，不见灌木，不见花草。因为它那鱼鳞似的茎皮有毒，人一不小心接触它，就会引起红肿发痒，鸡鸭误食它的木屑会中毒而亡。

因此，我每次只是站在小道上，远远地观赏它，欣赏它的美丽优雅，清高与孤独。而孤独是需要底气的，内心需要足够强大。木荷树也的确很强大，它的树冠宽阔，叶子浓密，含水量高，一条由木荷树组成的林带，就像一堵防火墙，能将熊熊大火阻断隔离。

作为一棵树，我对它已充满了敬意。然而，更令我惊奇的是，木荷树还能开出规模盛大、震撼人心的花。

当栀子树蓄满点点青碧时，木荷的枝端也绽出粒粒豆大的花苞，花苞渐渐膨胀，膨胀……几天后，次第张开五片白色的花瓣，露出淡黄色的花蕊，就像一张露出八颗牙齿恰到好处的笑脸，它的笑容也是优雅的。几朵笑得矜持的花凑在一起，组成一团花，嵌在枝端。无数的枝头顶着一团团的花，彼此交相辉映，熠熠生辉。

栀子花全开好了，木荷树的花也从十几米的顶端延伸下来，就像一面从空中垂下来的瀑布，无数星星点点的花在这里微笑着，闪烁着，荡漾着，泛着点点银光。我从来没有见过一棵把花开得这么壮观的树，它就像一位披着一身碎花外衣的巨人，在周围绿意葱茏的樟树、松树的衬托下，显得格外突出，触目惊心。

小道这边的一排栀子花，丰腴洁白，平铺过去，与这面挂下来的瀑布纵横交错，彼此呼应，成为院子里六月的奇景，引得来此散步的行人驻足赞叹。木荷花的清香，掺和在栀子花香里，使得那浓郁的花香更密一层，香得掸都掸不开，难怪汪曾祺说他老家把栀子花叫“碰鼻子香”。在这条小道上来来回回走，也是在浓郁的花香里来回穿梭，眼里看见的，鼻子里闻的，都是它们，是一场视觉盛宴，也是一场大自然的香浴。

由于木荷树的高大，站在树下无论远观还是近察，都无法一览风采。欣赏木荷花的最佳角度，应爬上二楼。之前，我曾经在这间办公室工作了五年。花开的日子，我坐在窗前，只要一扭头，就能看到它一身闪亮地立在那里，看不到顶端，也不见底，只见那一朵朵花，挤在一起，热闹地、欢快地、喜悦地，传递着岁月的平静美好，时光就在这种平静喜悦里悄悄流逝，直到那花渐渐枯萎，再一点点萎黄。那萎去的枯黄，挂在枝端，很久也不肯离去，有种经历风雨历尽沧桑后的风骨之美。

此时，环顾院子，夏已很深了。

与一棵树和一场花的相伴都是有定数的。在二楼那间办公室待了五年，我们彼此在最好的年龄相守了五年，下一个待在这里的人会不会像我一样去欣赏它呢？即便是欣赏了，也已不是过去的花。如今，我待在一楼办公，不能随时对视，只能走到松杉林，去看，去等，或者爬上二楼尽情欣赏。

木荷花和栀子花一样，花期不到一月，它们是夏天的尤物。每年这个时候，我都要早早做好准备，等这场花开。

如此，便觉得，这个夏天没有虚度。

五

院子里飘着樟树花香时，我便经常在樟树下的小径上来来回回走。樟树花香馥郁而沉静，带有一种樟脑味，醒脑又静心，让人百闻不厌。有好几天，在我细细品味凉风中的清香时，发现另一种香味——和樟树花香相似，但更馥郁更浓烈，一股一股袭来，像一条条游龙在樟树花香里闯荡，渐渐和樟树花香融合成初夏特有的气息，这种气息也是好闻的。

有一次，我沿着松杉林的小径往将军楼方向走，每往前走几步，这种香味就浓一点。当我走到靠篮球场边的水沟旁时，那种香味愈来愈浓了，层层叠叠把我包裹住了。我停下脚步，下意识地往球场方向瞧了瞧，就在我的眼前，一棵小叶女贞树，全身披着细密的白花，盛开在万绿丛中。

浓郁的香就是来自眼前的女贞树。它更像是一棵一米多高的灌木，枝干扶疏小巧，没有经过园丁的规划与剪刀的修理，无拘无束地生长着。细细密密的白色花朵一串串，一团团，沿着枝条铺散下来，像一头散披着的白发、不食人间烟火的仙子。

走近细瞧，这种香味更浓烈了，带有一种淡淡的药香味，夹杂着泥土的草根香。枝条上一朵朵纯白色花儿，拥着两根嫩黄的花蕾，一点点，一簇簇，一串串，形成规模和气势，在浓密的绿叶衬托下，显得格外素净明亮。枝端上缀满圆形的乳白色花蕾，密密麻麻，挤挤挨挨，等待着绽放。无数蜜蜂和不知名的虫儿来此忙忙碌碌，好些白色的蝴蝶穿梭于此，一时分不清哪是花瓣哪是蝴蝶。

比起院子里的山茶花、石榴花、樱花来，女贞花的确不打眼，如果不是它浓郁的香，几乎可以忽略它的存在了。它的确太普通了，沟边、河边、灌木丛中、山坡上，都能看到它素朴的身影。院子里的小径两旁，它们被修剪成两排矮矮的绿墙。草坪里，一棵一棵女贞树，被设计成圆形图案，葱郁可爱。然而，没想到的是，司空见惯的女贞树，却有如此馥郁的清香。原来美丽就在身边静静绽放，平生第一次对女贞树有了奇特的感受。

它就像一位贤淑恬静的小家碧玉，清素淡雅，不张扬，不喧嚣，院子里百花争艳，姹紫嫣红时，她静静地呆在一隅，默默地守护着自己，等到林花谢了春红，院子里绿意渐浓了，它才在初夏时节，一声不响地散发着馥郁而沉静的清香。它不求媚世，只想遵循内心，它用纯真与静美赢得了人们的垂青和赞美。

在我的家乡，村前就有一棵几十年树龄的女贞树，它枝繁叶茂，四季常青。村里人常用它的叶和皮入药治疗外伤或烫伤，它的叶子可以泡茶喝、做药枕，还可以治疗口腔炎、咽喉炎，具有清热解毒作用。“树叶常青花似雪，果实彤红如丹朱。”印象最深的是它的果实，成熟后，满树彤红若丹朱，赏心悦目。果实入药可滋补肝肾，明目乌发等。难能可贵的是，它的果实在整个冬天都掉不下来。当鸟儿食物呈现青黄不接时，女贞树的果实正好派上用场。

女贞树花的花语为“生命”或“永远不变的爱”，大约就来源于此。李时珍在《本草纲目》里对女贞这样描述：“此木凌冬青翠，有贞守之意，故以女贞状之。”它的确像一个贤德的女子，低调谦和，含蓄内敛，天生具备一副慈悲心肠，在不为人知的角落里为人间绽放一份清幽。

六

下班后，我喜欢在院子里的松杉林里散步。

满院的绿啊，深深浅浅，团团簇簇，点染在松树下的茶树、女贞树和各种不知名的草本植物上。人间五月，天清地明，万象一新，足以养眼悦心。

就这样见到了广玉兰，在松杉林的边缘。

其实我每天都从这里经过，却很少注意到它。它看上去很普通，尤其是叶子，一边长一边老一边落，鲜绿老绿萎黄聚在一起，总觉得不彻底不纯净。广玉兰洁白的花朵点缀在其间，一点也不打眼。

这次，我有意地走近它，拨开浓密的叶子，近距离地与一朵广玉兰花对视。当一朵大如银盘一样的花儿呈现在眼前时，我着实被惊着了。

这么超常规的硕大花瓣，真是少见！一片一片，雪白洁净，完美得如冰雕，似玉琢。摸在手里，如羊脂般温润，绸缎般滑腻。一层层舒展开来，宛如一朵圣洁的白莲花。

我怔怔地凝视着这一朵花，一股超凡脱俗的气韵从花瓣中弥漫开来，仿佛一曲古筝版的《云水禅心》在绿波中荡漾。这白色的质地不知汲取多少月色的精华和晨露的润泽，才孕育出如此独一无二的神韵。

花瓣中央一根紫红色的花蒂，花蒂上端坐着金黄色花蕊，像观音坐莲一般清净庄严。浓郁的馨香一阵阵袭来，沁入肺腑。香味带着甜蜜的气息，好在甜而不腻，轻而不浮，像一个温柔的微笑，韵味绵长，恬淡舒适。在我印象中，香味浓郁的花一般细且小，如桂花、栀子花、女贞花、香樟树花等，而像广玉兰这样花大而香的，极为少见。

回头再看叶子，阔大、修长、厚实、富有光泽，一片片叠在一起，托在广玉兰花下，像莲座下的祥云。只有这种修长而厚实的叶子，才衬得起广玉兰的神韵，我为先前的认知感到惭愧。世间万物，皆有说道。一种树配一种花，一种花配一种叶，是定数，是缘分，也是归宿。世间一切，都是最美的安排，也是最美的相遇。不美或不喜，只关个人情怀，无关自然风物。

广玉兰花和叶同时一边长一边开一边落，生生不息，像一个和谐的大家庭。树下的黄叶黄花聚在一起，不仔细去瞅，分不出哪是花瓣哪是叶。在这样一排树间散步，觉得光阴也是和谐安详的。

抬头再往上看去，广玉兰花并不多，每个枝端只有一朵。灯泡一样含苞待放的，酒盅一样半开的，银盘一样已开的，洁白晶莹，点缀在浓密的阔叶中，疏朗有致。这形状，这姿态，圣洁，宁静，是远离淤泥、飘然盘在半空的莲。我用相机从各个角度拍摄，但它的清雅和神韵，瞬间的定格和笔墨是无法展现出来的。

我退后几步，再观看整棵树，虽没有旁边松树那样耸立云霄，但也伟岸俏丽。高大的树冠呈伞状圆锥形，枝干蜿蜒盘曲，相互交错，婆娑纷披的枝条铺展开来，是妙曼的纤纤玉指，托着一朵朵广玉兰花，不舞也有袅娜之姿，不动自有雍容之态。它的旁边，樟树、棕榈、竹子、芭蕉、女贞等许多植物，也各具身姿，彼此相互映衬，在属于自己的那一片空间美好着，构成了一幅天然的风景画卷。而广玉兰，以它雄伟的气势和清丽的姿态，怡然夺目。

叶厚而有光泽，花大而香，树姿雄伟壮丽，广玉兰是当得起珍贵二字的树种之一。

离开时，我再次回头看了看广玉兰树，初看似乎阔大粗糙平凡的外表，其实有着深沉含蓄优雅的内涵，就像一个灵魂里有香气的人，初看并不打眼，相处越久，越觉得醇香迷人。

鸟　鸣

一

大多时候，我专注于手中工作，屋内寂静无声，窗外却是鸟儿的天堂，它们在永不停歇地演奏着一首繁复厚重的交响曲，没完没了，乐此不疲。

陪伴了十二年的鸟鸣，除了布谷、斑鸠外，我依然不知道各种声音究竟来自哪种鸟。比如声音清脆悦耳、尾音上扬的“呦儿喂——呦儿喂——”，叫一声，沉默会儿，再叫一声，一声接一声，音律分明。仿佛内心有无限喜悦，它要唱唱歌，抒抒情什么的。

比如“的——的——”之音，像人吹的口哨声，声音平调，延伸下去，又像人心境平和时呼出气息那样，安稳舒适，有小小的满足。

比如“儿得儿喂——儿得儿喂——”之声，圆润如珠，尾声婉转悠扬，好像在问：“你在哪儿啊——你在哪儿啊——”。

经常有短促的“叽儿，叽儿，叽儿”声夹杂其中，有点儿委屈，像在向同伴或母亲倾诉。旁边有“的儿——”声滑去，似在安慰。又有“喳儿，渣儿”声，向林子里呼唤着什么，还有窃窃私语，促膝谈心。

这些声音混合在一起，高亢、低沉、柔声、私语，急遽、短促、轻缓、绵长，高高低低，长长短短，毫无章法也无章可循。但它们有着天然的节奏，像一曲美妙的交响曲，即便是叽叽喳喳、大吵大闹的声音，那尖锐之声也是动听而优美的。

有时，仿佛一起商量好似的，林子里突然沉默了，静寂无声。

一会儿，一只鸟儿“叽哩哩哩——叽哩哩哩——”打破了平静，音调沿着平缓的坡度，慢慢下降。它在无忧无虑地唱歌，那是一种不思善，也不思恶，清净平和的大境界。

接着，这边“喳——喳——”，那边“啾儿——啾儿——”，彼此自言自语，互不相干，像诗人在抒情，那声音是缓慢的、深情的、温暖的，充满无限关爱的。

有时，它们聚在一起，声音突然急促地“叽叽喳喳，叽叽喳喳”，像发生了什么大事似的。吵闹得很厉害，不知道它们在追逐嬉戏还是在争执吵架，吸引得我在窗前站起来。又有几只鸟儿兴奋地撞进一棵香樟树里，叽叽喳喳地嬉闹着。我正好奇地看着它们，突然，其中一只鸟飞过来，掠过窗户，冲我调皮地大叫一声，好像说，“嗨嗨，看什么看”。“呵呵”，我忍不住笑出了声。

春末夏初，青蛙“呱——呱——”的叫声，低沉浑厚，与远处珠颈斑鸠的“咕咕——咕咕——”声此起彼伏，遥相呼应，不按常规点缀在交响乐中，意蕴更为丰满，是另一种生机和热闹。但最热闹的要数盛夏傍晚的鸟鸣了，各种鸟儿，千万张歌喉，尽情欢唱，仿佛有说不完诉不尽的高兴事。长的，短的，高的，低的，交织一起，每一种声音都有一种光芒，各种声音密密麻麻，交相辉映，如繁星闪烁。

冬天的麻雀也很热闹，遇到连续晴朗天气，它们任性得很，也不知道有什么喜庆事，一双双，一群群，叽叽喳喳，嬉嬉闹闹，整个林子都沸腾了。这样闹着，忽然一只鸟大声喊了几声，“嘭”的一声，众鸟飞起，空中一群，排列得整整齐齐，斜斜飞向另一棵树。又有几只鸟在商量着什么，旁边还有几声鸟叫，然后再一起飞往更远一点的树。鸟鸣渐趋平和，一切又回归到当初。

风来时，会淹过一些鸟鸣，尤其是初夏的风，咆哮，热烈，执着。初夏的树叶都已长满，浓密茂盛。窗外“哗啦啦”之声，有了劲道，有了分量，那是叶子与叶子之间的歌声，圆润，饱满，壮阔动人。樟树用力拉扯着风的裙子，久久不放，飘下片片思绪。

一般情况下，我整天都不说话，任耳边音乐如流水般地飘过。不时有长尾鸟儿，倏忽从一棵树冲出，飞入另一棵高大的树，在深深浅浅的绿里划过一道道黑影。小鸟立在窗前的电线上，像个人一样，煞有介事地对着我大声说着什么，声音高低起伏，平平仄仄。我停下手中活，仔细聆听了一会儿。

一股股的风，从树林里一漾一漾地游来，不，好像是从远古而来，从季节深处而来，带着树林特有的气息和声响。它让我想起家乡屋后的树林，那里面有大树的呼吸，落叶的飘零，房屋的吐纳声，又好像都不是。各种细微声，融合一起，静谧、沉稳、厚重、质朴。它们一年一年地积累，贯穿了我的童年，也贯穿着祖祖辈辈的童年，烙印在记忆中，流淌在血液里，根植在灵魂中。

云无心以出岫，风无心以随旋。风，随意，率性，不知道从哪里来，又到哪里去。刚刚它还在和大家逗着玩，在高耸的松枝间，在一根斜伸的樟树叶间，摇着，晃着，轻声地细语着；在伸着长长手臂的铁树间，点头微笑；不远处，一棵高于草面的芭蕉苗，在不停地鞠躬敬礼。突然，它就不见了，松树、樟树、杉树，都保持一个静立的姿势，在等候着什么。

满世界都是鸟鸣。

风，从大自然深处来，又重新回归到大自然。

有时我会用笔记下这些，而不用“滴滴哒哒”的键盘。笔尖与纸张摩擦的声音，轻微、舒缓，带着木质本来的温厚，吻合了此刻的静谧与幽寂。

二

说来惭愧，听了这么多年的鸟鸣，而关于鸟类，我几乎是一个啥都不懂的“小白”。

最近，在毛泽东文学院同学“三湘第一鸟人”的帮助下，结合网上各种鸟叫的视频，我终于闻声识别了几种常见的鸟。

比如上文提及的清脆悦耳、尾音上扬的“呦儿喂——呦儿喂——”之声，就是八哥；“叽哩哩哩——叽哩哩哩——”之声，是黄眉柳莺；圆润如珠、尾声婉转悠扬的“儿得儿喂——儿得儿喂——”之声，是白头翁；那种短促的“叽儿、叽儿、叽”之音，是麻雀之音；如吹口哨一般的“的——的——”之音，就是鹊鸲。

我发现鹊鸲与麻雀、喜鹊、燕子一起，是最愿意与人类共处的鸟类。它们看上去并不怕人类，但又若即若离，时刻保持高度的警惕性。比如，它们在人们前行的路上悠然自得地踱着步，距离近得仿佛纵身一跃即可捉住它们。但就在人们有所举动的刹那，它早已飞离，又落在不远处的草地上觅食。

鹊鸲特别喜欢鸣唱，几乎是每个早晨，人们都是在它愉悦的欢叫声中醒来的。在我的小区、上班的路上、县委大院内，总能听到它们悦耳动听的声音。也许正是这个原因，再加上它身姿的美丽，鹊鸲很受宠，被美誉为“四喜鸟”。“一喜长尾如扇张，二喜风流歌声扬，三喜姿色多娇俏，四喜临门福禄昌。”四喜临门，谁不向往呢。

院子里队伍最为庞大、声音最有力量的应算珠颈斑鸠和山斑鸠。说来是个笑话，在去年之前，我一直认为那种“咕咕——咕——咕”的叫声是布谷鸟。在我写的好几篇文章中，都提到过冬天鸟鸣中也有布谷鸟声，其实是珠颈斑鸠。而稍有点儿常识的人都知道布谷鸟是夏候鸟，秋季即飞到温暖的地方去过冬了。直到去年清明节回家，当父亲指着四处起伏不止的“咕咕”声告诉我时，我才明白过来。可是在我认知的世界里，斑鸠的这种极富穿透力的声音，已与很多文学作品中描述布谷鸟声的意蕴融合在一起，响在家乡的村前屋后，响在田野山谷中，已伴随了我几十年，成为根深蒂固的乡愁。

斑鸠非常机警，总是在离人类较远的地方鸣叫，珠颈斑鸠的高亢激昂和山斑鸠的低沉浑厚汇合一起，像一场盛会。而离人较近的斑鸠则悄然无声，待在树枝上默默歇息，不时梳理自己的羽毛，或在草地上和林子下静静觅食。所以，我们无数次听到斑鸠的鸣叫，但很少见过它们的真身。

有一天，我在松杉林里散步，沿着一条小道往将军楼那边走去，忽然地面飞起一群斑鸠，落在不远处的树林中，四面响起“啪啪啪”的翅膀扇动声。我继续往前走，竟然惊起了一路的斑鸠，足足有几百只，纷纷飞向不远处。看来它们是群居性鸟类，群策群力，共同觅食以及抵御掠食者。

三月底的一个傍晚，我在院子里散步，刚走过将军楼，突然听到一种鸟的叫声，一连串不断快速重复的“chuck，chuck，chuck”声，犹如“哒哒哒”的打字声，很有节奏地响在组织部后面的树林里。我把声音录下来，“三湘第一鸟人”告诉我，是普通夜莺。她很惊奇地说道：“这就来了？这是夏候鸟，一般最早是每年 4 月 20 日到 25 日迁来。”我也很高兴，夜莺提前了一个月到来，就能多听到一个月的音乐。

之后几天，每到傍晚，这熟悉的声音就出现了，这大概也是它名字的由来吧。有天傍晚，我散步到常委楼前时，这种密集的打字声又响起来了，就在前面的一棵树上。那是一棵高大的落叶乔木，伸展出的枝枝干干，在空中纵横交错，枝端散出一朵朵黄绿色的小花，映在灰褐色的天幕里，宛如一幅意境幽美的画卷。那只夜莺就待在一个枝杈间，颜色和树干颜色很相似。有了这只鸟，整个画面的意蕴更为丰富了。就在我举起手机拍下这一幕时，它迅速飞起，很快就飞过常委楼，往后院方向去了。

有天晚上，我待在办公室工作，暴雨连续下了两个多小时，淅淅沥沥的雨声里，它那高亢明亮的叫声仍然不时地从林子里传来。还有天晚上，窗外狂风呼啸，夹着雨点肆意拉扯着松杉林，地面落下无数樟树叶和折断的树枝。但它那急速的声音，仍很分明地传到耳朵里。有雨声和夜莺声陪着的夜晚，即便是狂风怒吼，也会感觉静谧而美好。

不久，我又识别了院子里噪鹃、乌鸫、白头鹎等鸟的叫声。当我漫步在小区、街道或县委大院时，听到鸟鸣，我立即就能判断出是哪种鸟，如同生命中突然多了很多朋友似的，感觉特别亲切，身心得到极大放松。

认识鸟类是一项综合系统性的工程，需要对它们的形体、颜色、声音、习性进行全方位的了解。对于色彩斑斓的鸟类世界，我还没踏进它们的门槛。不过我也算是开了一个头，也许以后会有兴趣继续深入对鸟类的观察，那必定是一个丰富多彩、浪漫祥和的世界。

凭窗听雨

一

“春寒雨淋淋，夏寒水断流。”

果然如此。惊蛰已好几天了，天气依旧寒冷，雨一下就是好几天。

飘雨的双休日，对我来说，是难得的好时光。我举着伞，在雨中漫步，踱进大院，再踱进办公室。推开窗户，让清新的雨气充溢室内。

满世界都在雨中，整栋楼里听不到人声。这样的日子有着说不出的安逸，雨声仿佛一首摇篮曲，摇啊摇，摇啊摇，在外婆的怀里什么都可以不思，一切外界人事上的烦扰都可从心灵摒弃，内心里只有闲适和自在的喜悦。

有时，我一个上午都专注在一件事上，任哗哗的雨声在窗外不停歇地飘荡；有时，我会泡上一杯热茶，摊开书，或凭窗，听雨。

少年听雨歌楼上，红烛昏罗帐。壮年听雨客舟中，江阔云低、断雁叫西风。

而今听雨僧庐下，鬓已星星也。悲欢离合总无情，一任阶前、点滴到天明。

而今，虽是壮年，也无意于悲欢离合，有的只是澄净和安宁。

“沙沙沙——淅沥淅沥——”，千层雨帘笼罩着万物，也笼罩着窗前松杉林。有时，细雨绵绵，如春蚕咀嚼桑叶般平和；有时，大雨倾盆，如银瓶乍破般跌宕。天和地都静了，唯有这雨打在窗上、瓦上、树叶上、水泥地，击奏着千变万化的交响曲。偶有鸟儿呢喃，也幽微得如梦呓般模糊，很快融入到交响曲里。一两片树叶，从高处“啪嗒”一声落在林子里，又回复了沉静。

近窗的花池边，茶树开过一树的红霞，热闹了一些日子已不见了。路旁的女贞树冠已高高低低铺满了浅紫的嫩芽。地面，茸茸绿草，已清新得逼人的眼，一些淡黄或灰白色的花隐在绿色里。不远处的几棵樟树，枝端伸出无数淡紫的芽孢，不久就会绽放一树的新绿。老去的叶儿带着褐黄，或仰或俯，静静地躺在枯草丛里，沉默深思。

所有的树木和花草，都遵循着自身规律，此寂彼开，此消彼长。它们不争不攀，不悲不喜。生与死，在此衔接得如此理所当然。

枝丫间的那个鸟巢还在。记得去年这个时候，连续几天的大雨，一只斑鸠安然地待在巢里孵蛋。看不到它的头，只看得到它的尾，有时候朝东，有时候朝西。雨水顺着树枝打湿了它的羽毛，而它全然不顾这些，只一心地孵它的蛋。我想，整个林子都湿了，只有它身下的巢又干净又暖和。如今，鸟和它的儿女们都不知何处去了，只有鸟巢依旧对着春雨。依旧对着春雨的，还有窗前的这个人和树林。这是怎样的缘分呢？很多年前，在我还没有出生时，林子就已经在这里。然后等到一个合适的日子，我来到这里，和这窗树相伴，这一伴就是十二年。

雨唰唰地下着，时间的车轮也向前转啊转啊，转走了岁月，转老了光阴，也转走了一轮又一轮的生命。人生不过是一场体验，轮回自有因缘，生命自有规律，应得之淡然，失之坦然。

雨声听得久了，就会有种无生命的洁净，仿佛达到无所谓始、无所谓终的永恒境界。雨气把办公室和林子连在一起，我也成为林子里的一员，和花草树木们零距离接触。“春雨贵如油。”针点似的雨滋润着万物，也清洗着我几十年在尘世里沾染的污垢，我的心灵一点点地回复到婴儿的初始状态，与眼前的树木花草处在相同的频道，散发着相同的气息、气质和气场，彼此氤氲一团，连为一体。此时，无需言语，无须交流，一颦一笑，举手投足都是默契与懂得。

人世间，哪里有什么孤独和寂寞呢？当心回归到最初的原始状态，孤独即是一种享受，寂寞即是一种清福。

这样的状态下，如果躺下，闭上眼睛，立刻就会进入梦乡，不，连梦也没有。

二

昨晚下了一夜的雨，淅淅沥沥地像一首很温暖的曲子，伴随着梦境，安静平和，很适合睡眠。

今早醒来，雨停声歇，鸟鸣四起。待出门，雨其实还在下，一些雨星雨沫飘荡在空中，凉意一阵一阵地扑面而来，路上行人，大都套上了深色外衣。

今年的梅雨来得早，来得急，也来得密。

还不到芒种节气呢，雨已经下了三四天了。雨雾遮住了山，遮暗了田野，天地之间朦朦胧胧，混混沌沌。楼道间，走廊上，放着伞等雨具，到处都是湿漉漉的。

在气象上，通常把“芒种”以前开始的梅雨，统称为“早梅雨”。

早梅雨因为来得早，南下的冷空气还时常活跃着，气温较低，加上阴雨连绵，有冷飕飕的感觉，农谚说“吃了端午粽，还要冻三冻”，就是这个意思。

这种早梅雨往往呈现两种情形。一种是开始早，结束迟，甚至拖到七月下旬才结束；另一种是开始早，结束也早，到六月下旬就进入了盛夏。农谚还说“行得春风，必有夏雨”，意思是春季偏东风较多的年份，则夏季梅雨一般也较多。今年的春天是少见的暖春，看来，今年的梅雨，来得早，去得未必早。

芒种过后，梅雨连着又下了几天。雨停后，天放晴了，阳光下整个世界亮锃锃的逼人眼。也只两日，天又阴了，雨停停卜卜，很随意，毫无章法可言。有时，许久没动静的窗外，忽而“沙沙沙”响起来了。望去，雨点雨丝映在松杉林深绿色底幕中，花针一样密密地织着。四周万物静立，天地默然。

雨下着下着，渐渐小了，也不知道什么时候停下的。鸟们早已习惯了，依旧“叽丽丽”地叫，只是没有平日叫得欢罢了。有一只鸟，不管是下雨时还是雨停后，总能听到它“喂——尔，喂——尔”地叫，仿佛在呼唤着什么、寻找着什么，又像受了委屈诉说着什么……这样听着想着，忽而窗外又“沙沙沙”响起来了，这次下得有点急，仿佛刚才的雨只是前奏，这次才是主题，屋檐水由“淅淅沥沥”变为“劈里啪啦”的，有停不下来的意思了。

时令刚刚进入盛夏，突然来了这么一段梅雨天气，气温宜人，凉爽舒适，细雨洗尘，空气清新，尤其是花花草草，越发澄碧艳丽，生机盎然。梅雨时节，仿佛是上天恩赐给我们的一段美好时光，是额外的，让人暂且忘记了夏日的烈日炎炎。

夜晚的大院愈加宁静，“哗啦啦”的雨声像一块块天然屏障，有时空割裂的感觉，无论过去现在未来，都在当下的静寂中。林子深处，偶尔会传来普通夜莺、噪鹊的叫声，合着远处的蛙声，伴着淅淅沥沥的雨声，那样祥和，又那样宁静。

“黄梅时节家家雨，青草池塘处处蛙。有约不来过夜半，闲敲棋子落灯花。”梅雨时节，雨声不断，蛙声一片。这样美好的时光，暂且可以偷闲，约来朋友对弈几局。可惜等到半夜，朋友不来，诗人“闲敲棋子”，笃笃的敲棋声将灯花都震落了。

很多人以为“闲敲棋子”的诗人应是百无聊赖、焦躁烦闷的心情，但我不这样认为。想想看，江南的夏夜，纷飞的梅雨，淅沥的雨声，欢快的蛙声，静谧，平和，喜悦。这样美好的夜晚，即便朋友有约没来，但雨声蛙鸣就是大自然中最好的朋友，它们用自己独特的语言和诗人交流着，这独处的夜晚便别有一番悠然散淡和恬然自适之趣了。

来 客

一

秋天的一个上午，一片落叶从窗外飞进来，“噗”的一声，正好停在我桌前摊开的书本上。我惊喜地端详着它，水嫩嫩的黄，衬几点褐色斑点，泛着浓郁的秋天气息。扭头一瞧，窗外，阳光疏淡，树木疏朗，地面的草儿全黄了。一位清洁工，正手拿一把大扫帚扫起一堆一堆的落叶。风不时地吹开了堆起的树叶，清洁工又来来回回地扫拢。整个林子静极了，只听见幽微的鸟鸣声和树叶之间碰撞产生的“唰——唰——”声。

还是秋天的一个上午，忽然，我发现手里摊开的书页，渐渐地明亮起来了——越来越亮了。淡红色的光晕在字墨间流动着，跳跃着，一行一行的方块字排着整整齐齐的队伍，仿佛也在快乐地舞蹈。

我抬起头来，才发现，不知什么时候，阳光已悄悄地从窗户探进身体，静静地斜倚在对面的墙壁上，像一幅印象派画，整个房间里都亮堂起来了。循着阳光望过去，窗外，碧空如洗，秋阳高悬，好一个天朗气清的世界。阳光在万物间簌簌地流淌。微风习习，无数水晶般的光点在窗前的树叶间、地面的草丛里微微地颤动。鸟儿兴奋地在枝丫间叽叽喳喳，从树上飞到地下，又从地下飞到另一棵树上。

我敞开窗户，让阳光和秋风结伴而来。阳光笼罩着我的头发、脸庞、手指，像母亲的手抚摸一样，温暖又舒适。周围很静，仿佛听得到阳光在毛线衣的纤维间窸窸窣窣来回穿梭，毛线慵懒地伸着懒腰，打着呵欠，空气里，散发着棉花糖的香味。

这样一个又一个阳光清澈明暖的晌午，有那么一刻，我愿意奢侈一把，放开书本，放下人世间一切的牵挂，然后缱绻地躺在沙发椅上，沐浴在阳光里，让身上的每一个毛孔，每一粒心灵之土都舒张开，什么也不想，或者什么都想，和窗外的植物一起，静静呼吸。

偶尔，有蜜蜂钻进办公室，在空中“嗡嗡嗡”地飞来飞去，有时会绕着人头转。我猜测它是因窗台上盆景开的花而来，那是一盆长寿花，开着细细碎碎橙红色的花，花不香但喜庆；或者是我们头发上残留的洗发水的香味。当它们在面前绕来绕去时，我习惯于静气屏声，不动声色。这是小时候奶奶告诉我的，就让它觉得你是一朵花或一棵树好了，它绕着你飞了会儿，就会离开的。事实上，不管我动还是不动，它们从未蜇过我，也没有在我身上任何部位停留过。

是因为我们身上的某种东西吸引了蜜蜂吗？其实不是，多年的养蜂人知道，蜜蜂围着人们飞舞是想告诉人们比较重要的信息，比如有人偷袭蜂巢或要在你身边或者周围的地方进行筑巢等，养蜂人可以通过蜜蜂飞舞的状态读懂它们传递的信息。

四月，小叶女贞开花的时候，院子里蜜蜂来得最多也最为热闹。它们疯了似的在簇簇白色的小花间忙忙碌碌，如痴似狂，永不厌倦。但是它们对同时期开的石榴花、杜鹃花等就淡漠多了，一整天都难得看到它们的身影。蜜蜂的这种现象早就被昆虫学家们观察到，有些蜜蜂只采某些科的花的花粉，有些蜜蜂只采某种颜色的花的花粉，还有一些蜜蜂只采一些有亲缘关系的花的花粉。而这单恋的秘密，不在蜜蜂，而在花朵身上。

二

有一年初秋时节，蚂蚁进来了。它们从窗台一条线下来，再兵分两路，一路沿着石灰墙壁斜斜进入对面同事的办公桌下，一路直接下来再爬上办公桌，在我眼皮底下大模大样地走来走去。一般情况下，我是不会理会它们的，办公室若是落下一点吃的，它们来捡拾也是好的。有时，我也会像小时候一样做恶作剧，在它们行进的路线上，或者在一只蚂蚁的前面，故意用手划一下，然后看它们慌乱的样子，挺好玩的。不过，它们很机敏，不一会儿就重新修好路线，又井然有序。

这些蚂蚁从哪里来的呢？有一天，我走到后院，绕到窗前。墙根下水泥地、排水沟被清洁工打扫得干干净净。蚂蚁们从墙根溜出来，经过水泥地，沿着青苔下坡到水沟，又沿着青苔攀上来，越过土堆，来到花圃里的女贞树兜下。在这里，我找到了两窝蚂蚁。它们简直是天生的建筑专家，窝内有许多分室，道路四通八达。

蚂蚁社会组织的严密性令人吃惊，蚁后、雌蚁、雄蚁、工蚁、兵蚁都有明确的分工和职责。蚂蚁在世界各个角落都能存活，其秘诀就在于此。它们采用着非凡的生存策略，一起工作，养殖真菌，种植水果，收获果实，建造蚁穴，合作捕食，这些都引起了科学家的好奇心。

刘亮程在《两窝蚂蚁》里写道，他家里有两窝蚂蚁，一窝小黑蚂蚁，一窝大黄蚂蚁。他不喜欢大黄蚂蚁，想把它们赶出去。他端了半盆麸皮，从蚂蚁洞口处，一点一点往前撒，绕过林带、柴垛，一直伸到李家西墙根。把撒剩的小半盆麸皮全倒在李家墙根，上面撒一把土盖住，希望它们在这里安家。当所有的蚂蚁都出洞搬运食物时，他在蚂蚁的来路上挖了一个一米多长、二十厘米宽的深槽子，切断它们的归路。然而，蚂蚁的智慧实在令人吃惊，并没有如他所愿。它们沿沟边向北伸了一米多，到没沟的地方，又从对面折回来，再回到自家的蚂蚁洞口。

梭罗在《瓦尔登湖》中记叙了一场惊天动地的红色和黑色蚂蚁之战，军团覆盖了他的木场里所有的高山和峡谷，地面到处散落着死者与垂死者，红的黑的都有。他不知道获胜的是哪方，也不知道双方交战的原因。但是那天剩下的时光里，他的心情因为目睹了这场争斗而激动和悲伤，仿佛在他门前上演的是一场人类的大战。

蚂蚁严密的组织性、纪律性、战斗性、团结性以及坚强的毅力，使它和白蚁、蜂类一起，成为自然界三大社会性昆虫。

蚂蚁群体数量大而且食量不小，最常做的是搬运食物。可是它们来到办公室实在是找不到吃的，有的陆陆续续回去了，有几只还是不甘心，在办公桌上流连忘返。后来我才想到蚂蚁来办公室的原因源于那些日子每天早晨喝的蜂蜜。蚂蚁对浓密的蜂蜜香气几乎没有任何抵抗力，每天闻香而来，在鼠标线、开水杯、键盘间走走停停嗅嗅，迟迟不肯离开。

有人来到办公室，看到桌上蚂蚁，尖叫着："啊，蚂蚁！"立即一个一个摁死。我阻止了，随便它们吧，又不妨碍什么。

不过后来还是妨碍我了，它们沿着我的手指，爬上我这个树干一样的黄色手臂上，在绒毛间左串右串，寻寻觅觅，走走停停嗅嗅，发现这个"树干"气味、气息与往常的不一样，就试着咬一下，这一咬，把我从专注的世界里拉回现实，以为是蚊子，正欲挥之出去，结果看见一只蚂蚁正待在那里专心致志地研究着什么，让人哭笑不得。

我一直以为，人与人、人与物之间最好的状态是互不干扰或互帮互助、和谐共处，这样时不时地侵犯一下，就违背这个规则了。于是我决定，每天早晨从家里把吃剩的苹果核带来，放在窗台上它们经过的地方。这下好了，蚂蚁再也没进来过，它们停在窗台上，密密麻麻地停留在苹果核的甜蜜里，如痴如醉，不知今日是何时。

不知从什么时候开始，鸟儿们也关注苹果核了。每天上午，总有几只八哥停在檐前一股电线上，盯着窗台苹果“喳喳”地叫着。倏地飞下来一只，啄食几下，迅速飞走。有天下午，我用电脑专注办公，眼睛的余光感觉窗外有动静，我扭头寻找，又什么也没有，便继续手中事。但不久又感觉有动静，我又扭头，还是什么也没有。如此三番，我便站起来，盯着窗前，看究竟是怎么回事。原来一只八哥，正背对着我在窗台啄食。啄几下，抬起惊疑不定的头，四下张望。

冬天，蚂蚁不再出来了，鸟儿们却来得更勤了。每天在窗前飞来飞去，“叽叽喳喳”地很热闹。有一次，一只鸟停在电线上，很着急地“菲儿—菲儿”叫着，另外两只小鸟站在近墙壁的电线上，怯怯地“叽叽”叫着，几欲下来，半途又折回。几次三番，我终于看明白了，是一只母鸟在鼓励两个孩子下去啄食。它冲着它们大声喊叫，仿佛在说：“宝贝，不用害怕啊，妈妈在这里，去啊，去啊。”两只小鸟还是下来了，一次，两次，终于成功了，鸟儿们兴奋得跳跃不已。

三

老鼠一直是有的，经常在楼板上大闹天空。

有一段时间，它们特别猖狂，从楼顶窜到办公室来了。先是二楼，接着一楼办公室也有了。也不知道从哪里进来的，一个晚上在此无法无天，闹得天翻地覆，然后扬长而去，在办公桌上、地面，冠冕堂皇地留下它们的战绩，一粒一粒黑色的老鼠屎，应该还有尿，理所当然地让我们去收拾战场。

它们不仅晚上来，大白天也来，越来越肆无忌惮。一天上午，一只老鼠竟然漠视我这个大活人，在窗台鬼鬼祟祟，搔首弄姿。那时，我近距离地和它对视，我突然明白用“贼溜溜”这个词来形容老鼠的眼睛是多么形象生动。它的眼睛乌溜溜地闪着光，耳朵高耸，总是那样畏首畏尾地，小心翼翼地提防着什么。还是不安地觉察到了危险性，对视几秒后，又转过身来，展现它油亮亮的皮毛。都说鼠目寸光，老鼠的视力应该不止一寸远，因为当我抬起手的那一刻，它就看到了，立即没命似的逃走了。

若是遇到春节等长假，那更不得了。墙壁角落里，不知道从哪里叼来的破布、棉絮、旧袜子、枯草等，笼成一团，估计是想在这里做窝过上幸福生活了。

这样闹了一阵后，我决定采取措施了。

老鼠陪伴人类已有上万年之久，它们生活在人类居住的任何地方，就像“寄生虫”一样，吃人类剩下的食物，住人类的下水道或者墙角的地洞，昼伏夜出。人类对老鼠的痛恨由来已久，20 世纪 50 年代，老鼠甚至成了“除四害”爱国卫生运动中重点剿灭对象。

可是无论人类怎样灭鼠，老鼠在哺乳类动物之中进化得却非常成功。这其中缘由，除了老鼠有超强的繁殖能力以及善用牙齿、爪和尾巴的功能外，还有它的狡诈聪明。鼠，是中国十二生肖之一，象征着灵性，代表着强大的生命力。苏轼曾作《黠鼠赋》：“发而视之，寂无所有，举烛而索，中有死鼠。”烛光下，老鼠竟然可以屏住呼吸装死。1995 年《羊城晚报》报道了一大老鼠被药死街上，旁边两只小老鼠对它不停推搡，大老鼠突然醒过来，吐出沾有鼠药的食物，最后三只老鼠各散东西。

由此可见，鼠和人类早已不是“你死我活”那么简单的关系，用化学药剂“毒杀”为主的灭鼠方法，不能有效解决鼠患。而利用老鼠天敌灭鼠，或许是实现生态平衡的有益方法。

老鼠的天敌有猫、猫头鹰、蛇等。我所知道的，院子里有野猫，也经常有人看见过蛇、猫头鹰等，它们都在生物链中占有极其重要的一环。在漫漫长夜里，在暗无天日的地下，它们为争夺地盘和粮食演绎了多少爱恨情仇。

现在，各大商店柜台上陈放的用来灭鼠的老鼠药、捕鼠器等，可谓五花八门，种类齐全。但我不想通过这些来对付老鼠，我只希望老鼠不来办公室就行。我准备去百货超市买来风油精，涂抹在办公室老鼠经过的地方。老鼠最不喜欢这种气味，久而久之，就不会再来了。这个方法是我在网上看到的，那时有只老鼠从空调孔里爬到五楼的家里，在里面作威作福，我就是用这个法子把它赶走了。

那一天，我和同事把办公室清理一遍，然后对着窗户念叨：“老鼠老鼠，请你们不要再来了，如果还来，就要采取行动了。”说来奇怪，第二天，老鼠真的就没再来过。同事也觉得奇怪，至今还在念叨着这事。或许正好老鼠也不想来了吧，或许真的万物有灵，老鼠知晓人类的心灵活动，从此再不相扰。

四

一天早晨，一只像青蛙一样的绿色的动物静静地趴在二楼走廊一角，一动不动。前来上班的同事纷纷好奇地围着，大家几乎都没见过。

像是青蛙，又不是青蛙，大家争论着。

它和青蛙有点不同，全身呈绿色，身体显得扁而瘦长一些，有一双黑而灵活的眼睛，后肢更发达，四肢的蹼上长满了吸盘，如壁虎一般，牢牢地吸附在地板上。

后来还是老李告诉大家，是树蛙，大约走错了路，来到楼道里了。

“树蛙？”

“是的，树蛙。”面对我们这些小白，老李继续解释着，“树蛙主要是生活在树上，身手矫捷得很，跳起来很有力，而且是往后跳。现在它肯定是跳了一个晚上，跳不出楼道，实在累了，跳不动了。”

说完，老李回去找了个火钳来了。

“小心，树蛙有毒。”他用火钳夹住它，小心翼翼又把它送回到树林里。

第一次听到树蛙这个名字，我为自己的无知感到很惭愧。网上搜索了下，才知道，树蛙属国家“三有”保护动物，一般栖息在附近水源较多的竹林或树林中，捕食森林昆虫，有较高的经济和科研价值。树蛙数量较为稀少，对栖息地环境要求较高。

树蛙，是一个地方生态环境良好的重要标记。

经常在松杉林里散步、溜达，却从来没有见过树蛙，我不知道生态环境良好的大院还有多少我没见过的动物。它们为了适应自然的变异和选择，向大自然展示了五花八门的顽强的生存本领，充分体现了“适者生存”这一自然法则。它们以不同的颜色、形状和姿态来防身自卫，变幻莫测，令人大开眼界。

一只全身绿色的树蛙趴在树枝上，是不容易被发现的；一只白色的蝴蝶栖息在栀子花上，让人分不清是蝴蝶还是花。而当天敌来临，树蛙可以用强有力的后腿弹跳起来脱离危险，老鼠可以装死，蝴蝶在空中轻盈地飞来飞去。有些森林蚱蜢把自己乔装成一片绿叶，有的蛾类拟成树叶或鸟粪的形态而午睡……这种颜色和图案非常接近大自然。

众多生命构成一个共存共荣、息息相关的生命大系统。

站在窗前凝视外面繁茂的松杉林，实在是一件很有意思的事情。植物们高矮不一，千姿百态，色彩斑斓。林中充溢着各种鸟鸣，蟋蟀在草丛里纵声欢唱，蝴蝶、蜜蜂和各种不知名的昆虫在这里飞来飞去，池塘里蛙声一片，蛇、老鼠、蚂蚁在地下演绎着丰富多彩的生活。风、雨、阳光、明月经常光临，和它们一起举行盛大的聚会。

大自然真是一个神奇而又美妙的世界。

松下听风

一

立冬之后出现一段较长时间的晴朗天气，气温持续在25度左右，每天风和日丽，温暖舒适，属于小阳春光阴。那段时间的中午，我经常去办公楼后面的松杉林散步，然后坐在一棵老樟树旁边的石头上，专心听风。

张潮在《幽梦影》里写道：“艺花可以邀蝶，累石可以邀云，栽松可以邀风……”院内大大小小的树木有几十种，尤以樟树和马尾松为多。几百棵与众树参差错落在一起的马尾松，都是当年盖大院时栽下的，桶粗的树干笔直地伸向空中，远远高出众树一截，正适合邀风。

风有时候从前面过来，那边的竹林“西里西里”摇晃着，拉扯着风的头发，风的衣裳。然后到了办公楼前，梳过楼旁几棵大樟树，“哗啦啦”地把樟树叶子翻起一片灰白色。花圃里那棵棕榈树，扇形的叶子不停地晃动着，如风车一般呼噜噜地转。风就到了眼前，水一样流过，头发、脸部、衣襟，如被细细漂洗一次。

风有时候从后面刮过来，好像有急事似的，呼啸一声和众树打个招呼就走了。有时候又像是从左边来，在空中打着旋儿，那样轻，那样柔，流连忘返着，久久不肯离去。

风从遥远之地来时，声音也是遥远的，细微的，然后渐渐清晰了，风的琴弦拉响了林子里所有的树叶，万籁俱响。风力小时如涓涓溪流，叮咚欢歌；大时如波涛汹涌，声音繁华富丽，铺天盖地。风就这样由着性子，时大时小，时猛时柔，变幻莫测。整个林子如同一个庞大的交响乐团，演奏着一曲曲华丽盛大的乐章。

众多声音中，我能清晰地分辨出松声，那是在深山老林里常听到的声音。张潮说："白昼听棋声，月下听箫声，山中听松声，水际听欸乃声，方不虚生此耳。"这里虽不是深山，但院子里很静，几栋办公楼隐在树林间，人们有的下班回家，有的待在办公室午休，或沉迷于人事的繁杂中，没有几个人会关注院子里这一场场盛大的演出。

和我一起听风的大约只有鸟们了，它们好像也没有专注地听，依旧我行我素，叽叽喳喳地闲聊，风大风小对它们没什么影响。也难怪，它们日日夜夜与树林一起，早已司空见惯，仿佛世界原本如此，风来风去，雨来雨去，花开花落，叶绿叶黄。

比起樟树声的热烈和喧哗，松声则显得深远、旷渺、通达、超脱，仿佛来自远古，来自心底的颤音，它把我的思绪带到深山老林里，带到幽谷深壑间，头脑一阵一阵被洗涤，心灵一阵一阵被净化。

每一次风过，一些树叶、松针和枯枝便飞飞扬扬地落下来了。我第一次发现松针的掉落也是独特而别有一番意味的。一般的树叶都是斜斜地飘下去，再在空中旋转几下，似乎有无限的眷恋。可是松针不是这样的，它不悲不喜，不慌不忙，爽利的，洒脱的，细雨一般密密地落下去，仿佛一场庄严的仪式。所以松针更符合落的意味，其他如樟树叶应是飘，而樟树籽则是滴了。

树叶断断续续地落下来，铺满在干干净净的水泥小径上。坐的时间久了，我的肩膀上躺着枯枝，衣襟上沾着树叶，头发上挂着松针，还有无数的细微末梢，一只不知名的虫子在我肩膀上爬来爬去——我也成为树林的一部分了。

风就这样一阵一阵地吹，你不知道从哪里来，也不知道到哪里去，把时间吹得天荒地老，把灵魂吹得一尘不染。

天地宁静，永远一样宁静。

二

初秋的黄昏，我坐在松杉林的石凳上，想听风，也听虫鸣。

确切地说，想听到风中蟋蟀的叫声，领略声音里诸多的乡愁和季节的况味。

然而，我没有听到。

满院子都是鸟鸣，掩盖了那诗人的清幽之吟。

我朝松杉林里走过来时，远远地就听到了这一带的鸟鸣，此起彼伏，金属般的声音，不断划过琴键。

我走进松杉林，坐在石凳上，一切声音骤然而止，静止得让人有点儿心慌。

几分钟后，一只鸟终于沉不住气了，“滴——儿——，滴——儿——”打破了平静，声音高亢嘹亮，把远处的鸟鸣声都掩盖住了，“滴——儿——，滴——儿——”，耳边充溢着它的声音，这么旺盛的精力，连续叫了两三分钟后，才“的的的的的”地收尾。

此时，林子里的鸟鸣才真真切切入耳来，“唧唧唧——”“啾啾啾——”“滴哩——滴哩——”，间有蝉鸣，每一种声音都有一种光芒，各种声音重重叠叠，如繁星在闪烁。

“咕咕——咕——咕”，还有斑鸠的声音，“咕嘟——咕嘟——”池塘边还有蛙鸣，池塘上方，漫天的蝙蝠飞来飞去。

初秋的黄昏，还像仲夏，底子里是热闹的。

一阵风吹来，几片落叶“簌簌”地飘下来，或仰，或俯，或侧，静静地待在草丛里，带着梦幻似的的沉思。花池里，树兜边，长坡边，青草深深，着上了厚重的颜色，你勾着我的肩，我搭着你的背，挤挤挨挨一起，却不争不攀，和睦相处。草木从来不伪装，随着季节流转，盛衰，荣枯，自然天成，大美不言。

忽然，一丝桂花香，若有若无，飘入鼻端。再闻，再闻，使劲闻，游丝一般，若无还有。我迅速赶到两棵伞形的大桂花树下，黄昏里，我找到几朵桂花，细细碎碎的，明艳在暗叶丛中，桂花真的开了！

两天前，文友在微信里发了照片，“桂花开了，以细腻优雅的姿势沉淀着繁华尘世的美，醉了流年，香了时光，相念，不一定会长久，但花开，一定只为倾城。在倾城的花开里，我不想辜负时光，也不想，辜负岁月对我的恩宠。于是，在简静的日子里，我会将生命最美的印记雕刻，清远，淡定，一生，无悔。”

我回道：“花香何时初示人？伊人何时初闻香？花开年年只相似，花香初示有福人。”

最初闻到花香的人，必定心静，且安，清远，淡定，真是有福之人。

负　暄

因为明日就要变天，中午我取消午休，坐在院子里篮球场一边的石凳上，想尽情享受冬至后的阳光。这世上所有的一切，都是绝无仅有，一去不复返的。因此，每一次相遇，都应感恩并珍惜。

这是冬至后的第二天，阳光灿烂的第三天，也是长达十几日阴雨天气后难得的晴天。石凳旁边一排四季桂，或许是我的嗅觉已迟钝了，米粒似的、淡黄色的花蕾要靠近它才能嗅得到香。和四季桂一排的，是尚在青少年时期的香樟，后面种有板栗树、枫树、铁树、茶树等。铁树的翠绿，香樟的墨绿，虞美人的黄绿，板栗枯枝的灰褐色，相叠一起，又次第分明，跌宕起伏，如一曲优美清扬的旋律。

冬至最热闹的要算麻雀，叽叽喳喳的永不厌倦，忽而剑一般从树影里掠过。有时一只麻雀落在对面的石凳上，朝着树林呼唤一阵，见伙伴不来，又重回林子了。又一只就在面前的枝头对着我大叫，好像问："喂喂，你是谁？你是谁？"见我无动于衷，自觉无趣，转头忙它的去了。这样也好，互不干扰，各自为安。

不时有樟树籽落下，在树枝间"窸窸窣窣"磕磕碰碰一阵后，落在四季桂上，或"哚"地一身着地，还要滚几下，滚得枯叶"西里西里"地响。一只黄蜂从身后晃过来，趴在石凳靠背上，久久地一动不动。

空中还有无数的小飞虫，自由自在，漫无目的地浮游着。

剩下的就是阳光了，如一面明亮的镜子，照得万物明晃晃，光闪闪。又像新摘的棉花，覆盖着万物，又清新又暖和。张晓风说：“我喜欢冬天的阳光，在迷茫的晨雾中展开。我喜欢那份宁静淡远，我喜欢那没有喧哗的光和热。而当中午，满操场散坐着晒太阳的人，那种原始而纯朴的意象总深深地感动着我的心。”

而现在，整个操场只有我一个人，仿佛整个操场的阳光只供我一人享受。植物们在身边一心一意地进行光合作用，空气新鲜得仿佛吸进去都是甜的。我像老子所说的“复归于婴儿”那样盘腿静坐。头脑摒弃一切人事上的烦忧，无念无想，无烦无恼，无知无终，和植物们一起只专注于一呼一吸。阳光轻抚，抚得毛发舒畅，皮肤润酥。阳气渗入血液和骨骼，中和体内寒气，有着丝丝入扣的关怀。“冬曦如村酿，奇温止须臾。”冬阳就如同村酿的老冬酒，甘醇微醺，原始质朴，漫漶着都是舒适和妥帖。

时间悄无声息地流淌，日影移走，不知什么时候，院子里开始有了人声，那是提前来此伺花弄草的园工们，他们一边说话，一边整理着箩筐锄头等工具。该回去上班了，我站起身来，透过樟树缝隙，看到一位园工正扶着扫把坐在石凳子上和我一样晒着太阳。阳光停留在她花白的头发上，有着说不出的冬日晴好、现世安稳之感。

记得《列子·杨朱》里记载过这样一个故事：宋国有个农夫，一辈子住在乡下，常年穿着破衣烂裳，并以此度过寒冬，不晓得天下还有高屋暖房、丝棉绸缎、狐皮貉裘等保暖之物。冬日晴好的日子，他坐在太阳底下暴晒，觉得十分享受，回家对妻子说：“背对太阳，暖和极了。别人都不知道，我去告诉君主，一定得到厚重的奖赏。”

这个故事一直被大家当作笑话，但笑过之后再回想一下，农夫也有可爱温暖之处。农夫因为一辈子和土地打交道，心思质朴，又因心地愚钝，少欲少求，才能坐下来尽享负暄之乐。而只有这样的人，当他心无挂碍时，才有时间和自由一心一意享受阳光的美好。在他眼里，最温暖的房子就是太阳光，最温暖的衣服也是太阳光。

农夫的故事带给我们的启示是少一点欲望，少一点攀比，把脚步放慢一点，把心思放简单一点，也许更容易领略生命的本质和快乐。

窗前开着栀子花

千年轮回，
修得心香一枚。
只为与你相遇，
在五月的微凉里。

我没有足够的修行
看懂俗世尘缘的谜底。

我只知道，
我有足够好，
才会遇见你。

——《栀子花开》

一

中午休息，在鸟鸣声中醒来了。

叽叽喳喳的鸟鸣中，一只鸟鸣的分贝格外响些，一声大叫，就把本来睡眠浅的我叫醒了。

其实，鸟鸣一直是有的，窗外即是松杉林，鸟们从早啁啾到晚，仿佛它的生命就是每天的自在歌唱。往常休息，我会把窗户关好——隔了一层的鸟鸣声细碎幽微，于睡眠刚刚好。

但这些日子，花圃边的栀子花开了，我特意敞开窗户，让绵绵密密的栀子花香飘进来，让室内与室外连成一体。

醒来时，先是听了会儿鸟鸣，它们似乎在争论着什么，喋喋不休地，总也扯不清。初夏的风，不断地吹拂着内帘，花香一浪接一浪飘进来，在墙角、桌椅、人的皮肤上碰撞翻腾。浓郁的花香充溢在空气里每一个分子里，然后潮水一样，漫漶到每个角落。

栀子花香，也是富有攻击性的。

但是，我很享受它的攻击性，它的香馥郁清爽，馨香宜人，沁人心脾。我就这样躺在花香里，聆听鸟鸣，看随意清风，携花香舞步翩跹。

周围是静谧的，我的心是喜悦安乐的。

栀子花开的这些日子，在这栋楼里办公的人是最幸福的。

它们就在窗前，在花圃边缘小河一样延伸过来。

它们算是沉得住气的，从漫长的冬季开始孕育，等到院子里姹紫嫣红开遍，等到村前屋后田间地头都着上了深深浅浅的绿，等到四处布谷鸟声起，它才在绿意葱茏的五月里，在长长的雨季淅淅沥沥的雨声里，不动声色地酝酿着这场花事。

然后，在夏至前后的这几天，早就排好了队，铆足了劲的花苞们，仿佛听到一声号令——呼啦啦，齐刷刷地在油亮澄碧的绿叶间钻出来了。无数花苞，点点青碧，整整齐齐，鼓鼓囊囊又热热闹闹，满心都是喜悦、好奇和无限的期待。

时间只能以小时来计算了，那碧青色的花苞，渐渐蓬松了，蓬松了，青涩悄悄褪去，微微露出白色的花瓣。慢镜头似的，一片花瓣小心翼翼地张开了，又一片花瓣张开了。剩下的花瓣，依旧紧紧地护住花蕊，还留住美丽的期待。如同情窦初开的女子，犹抱琵琶，羞羞答答，欲说还休。

也难怪它的小心翼翼，苦攒了两季的美好，实在不舍得轻易向人展露。好花半开，好酒半醉，须得浅酌淡饮，慢慢品咂，那姿势，那情态，韵味悠长。

等到最后一片花瓣打开了，淡黄色的花蕊终于露出了，花儿已开到了十分。朵朵花儿，纯白素雅，冰清玉洁，微笑着，羞涩着，如一只只白色的蝴蝶，栖息在油亮碧绿的叶子间，在微风中颤悠悠，仿佛随时就会飞走。远远望过去，一大片一大片的栀子花，像一角星空，跌落在这片澄碧里，点点星光，闪烁着圣洁耀眼的光芒。

而那香气，绵绵密密，早已漫滤了整个院子。此时，若是捏捏柔软滑腻的花瓣，满指染得都是香，一整天都不会散去。这一场花事来得如此不动声色，又如此轰轰烈烈，也只有栀子花如此了，孕育了两季的花苞，蓄尽了全身的气力，只为香不惊人死不休。

人们赋予栀子花的花语为“永恒的爱与约定”，原因就在此吧。不仅因它的圣洁与芳香，还因它以漫长的花苞期储蓄久远的清香，以长久的努力和坚持，才能酝酿生命的美丽与醇厚。

“与我同心栀子，报君百结丁香。”栀子和丁香，同为名花佳木，交缠着情结千千，令词人柔肠百转，更令读者唏嘘感叹。爱情美好如此，怎叫人不迷恋。

栀子花，白花瓣，绿叶繁，香飘飘，醉谁家？院子里，每一位靠近它的行者，忍不住慢下了脚步，不禁感叹一声：“哦，栀子花。”心地一暖，人便恍惚在曾经的美好里。

年轻的恋人，惊惊咋咋的，“啊，栀子花！”来回雀跃着，近距离地拍下一朵栀子花。有爱美的女人，趁着无人，偷偷揪下一两朵未开的花苞，养在溢满清水的青花瓷瓶里，放在临窗的桌前，静待花开。时光一分一秒过去，花儿一层一层打开，幽香一点一点释放，充盈在房间的每一个角落。漫长的光阴便停留在花开的那一刻。

也确实有成双成对的白色蝴蝶，从四月开始就在院子里的女贞花间翩翩起舞。如今，又出现在栀子花间，追逐着，嬉戏着，然后，又翩翩地飞走。偶尔也有彩色蝴蝶光临，单只独影，身形较大，气场也大，盘绕一周，翩翩离去。还有蜜蜂和不知名的虫子，从早到晚，忙忙碌碌。也有几个老人，围着栀子树，采摘正盛开的栀子花，栀子花晒干后可入药也可泡茶或煎汤服，有泻火除烦消炎祛热、清热利尿凉血解毒之功效。

人间五月天，天空湛蓝，万物洁净。这样的天，真叫人感恩。

我在花香里看书，在花香里写作，在花香里发呆，在花香里午休。花香像一位修行极好的人，散发着祥和的磁场，与之相处，处处舒畅，处处妥帖。但有时也很调皮，冷不丁地，一股浓郁的花香撞来，沁入肺腑，好像在不断地提醒着专注于手中事的人：“我在这里，我在这里呢。”每当这时，我会停下来，顺着香味望过去，窗外，在初夏阳光的照耀下，星星点点的栀子花密密地缀在枝端，热热闹闹，熙熙攘攘，正朝着你狡黠地微笑着。

“栀子花开呀开，栀子花开呀开，像晶莹的浪花盛开在我的心海；栀子花开呀开，栀子花开呀开，是淡淡的青春纯纯的爱。”栀子花，到底还是属于青春和爱情的。

某个早晨或中午，四周无人，一个人静静地伫立在窗前的栀子花旁，于微凉的空气里，深深地吸一口。那种香味穿透记忆，直抵灵魂深处，一首歌曲踏空而来，舒缓的旋律，淡淡的忧郁里有深深的怀念。

二

往年，栀子花的盛开，约在5月份的样子。而今年此时，点点青碧的花苞，刚刚开始酝酿，离开花还要些日子。

花开有时，花落也有时。大自然的安排，自有它的理由。

于是，我每天上班前都要在栀子花旁绕一圈，看点点青碧一天天地丰满着，膨胀着，等待一场花开。

5月15日，伸向路边的一小丛栀子花突然开花了，此前我一直没注意到它的花苞。我蹲下来仔细观察它，它的叶子也绿得格外浓一些，或许是靠近水泥路边，阳光充裕的缘故吧。

三天后，其他的栀子花才开出了一两朵，在油绿的丛叶衬托下，如同碧空中的星星一样皎洁璀璨，闪闪烁烁。

5月20日，栀子花已开得很热闹了。一棵树上，大大小小的花苞，有的青涩着，有的灰白，有的蓬松着，有的打开一瓣，有的开出一轮，有的彻底开好了，有的开始萎黄，耷拉在枝头上，此起彼伏，似乎没完没了。

为了观察一朵花的盛开，我特意选了一朵紧靠铁树的花苞，便于找到。我选择的时间是在20日的清早，那时它已渐渐蓬松，露出白色内里，一副将开未开的样子。中午下班回家经过时，它已张开第一瓣花，如同伸出的一支玉臂，把身姿衬托得亭亭玉立。这真是很有意思的事，仿佛一支精彩的舞蹈刚开始，给人无限憧憬和想象。

下班时，我去看它时，还是这个姿势，好家伙，真是沉得住气，这个舞蹈动作停留了整整一个下午的时间。我绕着绿茵茵的大院走了一圈，准备回家时，还是不甘心，又折回去看花。一朵花绽放的过程是慢慢旋开的，还是突然爆开的？当我踱到铁树旁，找到这朵花时，它还是原来的样子。罢了罢了，就在我徘徊的刹那，突然“啪嗒”一声，第二瓣花在我眼前打开了！我吃了一惊，原来花也可以开得这么迅速，开得这么响。栀子花是有灵性的，它仿佛知晓我的心意，特意等着我，不早不迟，恰到好处地打开。这让我激动了好久。

从一片花瓣的展开到一朵花的全部绽放，大约要经过两天两夜的时间。栀子花的盛开真像一场大型演出。

花苞先是由青变灰白，再变白。微微蓬松，蓬松，再蓬松。一片花瓣打开了，又一片花瓣打开了，第三片、第四片，直到第六片，才开完第一轮。这个过程，就像一组慢镜头。如果把时间缩短，就是舞台上一个优美的舞蹈动作，没有音乐但盛放得神圣庄严，或许大音希声，大自然美妙的音乐，一颗凡俗的心又怎能感受得到呢。

开完第一轮的栀子花，六片花瓣一齐向后仰，腾出空间给下一轮花瓣。椭圆形的花瓣，末端有花尖，收束得如灯笼裤，整体看起来又精致又美观，仿佛一个花盘，托住中间还未开放的花；又像是举行一场庄严的仪式，迎接下一轮的花开。

同样的，下一轮也是一瓣一瓣地次第打开，但不像第一轮这么明显，间隔的时间也短。新开的一轮花瓣，并不重叠在原来的花瓣上，而是错开在第一轮的花瓣间，也是一起往后仰，腾出空间，等待第三轮花开。第三轮的花瓣同样是错开着的，身姿往后仰，这样花瓣层层叠叠，又错落有致。

等最后一轮花瓣开放，彻底露出淡黄色的花蕊时，一朵花才彻底开好了！

这场大自然的庄严演出，既体现了花瓣之间的团队精神，又展示了一朵花开放的神圣和智慧。所有的花瓣身姿一律往后仰，所有的力量都集中指向花蕊和花香。那富有攻击性的花香，带着千年熟悉的气息，击中着来院子里工作或散步的人，引起他们经年的情愫和诸多的怀想。

万事万物，各按其时成为美好，又将永远安置在世人心里。

大自然的造化真是神奇。人类的一切艺术，音乐的交响、舞蹈的造型、线条的勾勒、雕刻的严密……这些技巧和智慧，皆源于自然，取之自然，并取之不尽，用之不竭。

扫叶者

“唰——唰——唰”。

院子里又传来了扫叶声，在一个阳光灿烂的晌午。

那位老园工正挥舞着一把大扫帚慢条斯理地扫落叶，一下，一下，节奏舒缓悠然，富有音律之美。那是一把宽大而轻巧的扫帚，是老园工用从院内竹林里找来片片竹枝扎成的，最适合在面积宽阔的大院扫叶。大扫把拂过水泥地面，拂过草地，无数老去的树叶聚在一起，在竹枝下翻卷、碰撞、闹嚷。“西里里，西里里”，失去水分的老叶硬而脆，声音有着金属的质地，纯粹安静，又繁华绚烂。

院子里大大小小的树木，郁郁葱葱，种类繁多。不同的树种，花开花谢，叶生叶长，果熟果落，遵循自身的规律，各有其时，自成美好。因此，一年四季，春夏秋冬，都能听到院内的扫叶声。

听到扫叶声，我会下意识地停下手中事，聆听一会儿。

一切自然之音都是奇妙而带有神性的，聆听久了，能洁净灵魂。仿佛那一声声的扫叶之音，也能把头脑里的杂念和妄想一下一下扫去，直至湛然无物、清净明了。想起胡小石写过的诗句：“清丝流管浑抛却，来听山中扫叶声。”清丝，流管，虽取自自然，但曲调、弹奏皆有人工之痕，何况环境状况哪能与深山的原始简单相比呢？那种返璞归真的生活，那种随意自在的时光，有着说不出的寂静与安宁之美。

与扫叶声相对应的，是树上“啁啾”的鸟儿。不管是乍暖还寒的春天，还是清冷沉静的冬季，都能听到它们或幽微，或喧闹，或嘈杂之鸣。“叽叽叽——”，“丽儿——丽儿丽——”，此起彼伏，遥相呼应。时不时地，它们“呼啦啦”一起落在扫叶人的身边，又“呼啦啦”一起飘向另一棵树。“唰唰”的扫叶声并不影响它们，它们只活在自己的世界里，简单得只有欢呼和跳跃。

除此之外，院子里静谧得出奇，空气凝固的刹那，能感觉到树林呼吸生长的声音。扫过的地面弥漫着一股清新的泥土气息，加上落叶与杂草的清香，逗引得几只雀儿流连于此，觅食或嬉戏。一阵风来，又有落叶随风飘下，落在刚刚扫过的地面上。每一片落叶都带着曾经的风雨和沧桑，沉静而安然地落下。生命的真谛如此简单，只是顺着自然的本性，茁壮生长，成熟，把成长的每一段细节、每一丝委婉的心事镂刻起来，然后老去，仅此而已。

看似平常的一个扫叶劳动场景，却有如此丰富的意蕴，不仅清扫地面，也在拂拭心灵，开启智慧，丰盈人生和灵魂。

“唰——唰——唰”。

阳光从空中雨点般地洒下来，老人依旧低着头专注地扫着，照在他微微佝偻的腰身。不知是院子里草木的浸润，还是扫叶声的洗涤，他的脸上，同样是安静祥和的。他的脚边，厚厚一层树叶，堆青叠黄，在阳光中艳若绮绣。

阳光、树林、落叶，老人专注扫叶的身影，构成了一幅超然物外、离尘脱俗的画面。

这画面让我想起明末清初被推为“金陵八家”之首的著名画家和诗人龚贤，他晚年定居的房子就叫“扫叶楼”。楼旁建有半亩大小的园子，园内栽花种竹，取名为“半亩园”。在一幅自画像中，他着僧服，于半亩园内做扫叶状，园内花木扶疏，脚下落叶翻飞，处处体现着主人与世相忘、简朴自守的情操。据说，龚贤就是在扫叶楼潜心艺术，许多画和诗都是在此孕育、构思和创作的。正所谓“眼里无点灰尘，方可读书千卷；胸中没些渣滓，才能处世一番”。

药　草

一

栀子花开时，窗前不断有人影在晃动。

她们在采摘栀子花，也采摘墙边的茶叶，顺便也会拔出缠绕在树枝间的海金沙藤、薄荷等药草。和栀子花一样，这些草都有着清热解毒的功效。空气中除了飘荡着栀子花香外，也有丝丝的药草香。

人间五月，也是各种野草疯长的日子。据说松杉林里曾经遍布药草，好多草药郎中都到这里采摘过。二十多年前，宣传部的一位办公室主任在每年春夏之际都要到松杉林里寻找草药，用来治疗他的痛风。如车前草、茯苓皮、伸筋草、威灵鲜、半枝莲等，它们能深入脉络、筋骨、关节等处搜剔并化解沉积的毒邪，起到温和、缓慢融化尿酸，沉积结石的作用。

如今因路面硬化、园林规划等因素，遍布药草的时代已成过去式。但仍能随处看到各种疯长的野草，也不断有光顾大院来寻草药的人。在硬化的路面上，一块接一块的地板砖缝间，整整齐齐地长着小青蒿、珠蕨和母草等杂草，香丝草一朵一朵的，珠蕨一片一片的，母草一丛一丛的，还开出了星星点点的白花。远远望去，就像庄稼地里刚刚发芽吐叶的花生苗，青碧碧，嫩幽幽。园工们每年都会找个时间把它们一一拔掉，但不久又会冒出嫩嫩的绿芽。

每次看到这些野草，我都要停下脚步，对着那片绿意凝视一番。对于在农村长大，打过猪草、割过鱼草、看过牛的我来说，这种清香就像儿时的伙伴一样，有种说不出的亲切和温暖。

有一年初夏，我在松杉林的一片空地上，看到一种大片郁郁青青的野草。那种草的姿势美极了，一个个擎着线一样细的脖颈，叶儿细嫩轻柔，自然垂向四方，如一个个亭亭的舞女。而那种绿呢，有“碧玉妆成一树高”的嫩，有“绿水青山”一般的厚，清雅、纯粹、自然、宁静。到秋天时，嫩绿变成深绿，茎的顶端竟然伸出毛茸茸的穗子来，这时才惊觉，原来它就是乡村最常见的狗尾巴草。大雅和大俗在它身上得到完美的结合。

六月初的样子，在松杉林篮球场的南边坡上，满坡都是郁郁青青的野草，绿茵茵的非常养眼。粗略估算了下，有近三十种分属不同科、种的草本植物。其中有小时候常见的薄荷、艾草、蒿草、益母草等，它们都是村里人常用的药草。比如，夏季用薄荷泡开水喝，嘴里就久久地充满薄荷香；孩子们身上生了痱子，奇痒无比，用开水泡了薄荷洗澡，只一两次，身上清香无比，痱子也在不知不觉中消失了。

也有打猪草经常扯的一些青草，如柔嫩碧绿的附地菜、虎爪菜，葱郁而药味浓郁的土田七，叶子呈线行的黑麦草、北京隐子草，味道辛辣但清热利湿的酢浆草等。还有一些是我后来才认识的草，像薰衣草、含羞草、山茱萸、鸢尾花、杜若、蘅芜等，它们的名字入诗入词，美丽清雅，永远芳香在屈原的《离骚》里。

每一棵草都有着不同的气息和各种姿态。但不管哪种姿势，都是自然自在，清新动人，如同青春美少女，无需妆扮，怎样都是一种美。

这么多的草，你勾着我的肩，我搭着你的背，挤挤挨挨一起，却不争不攀，和睦相处。草地上空，鸟们在空中自在飞翔，叽叽喳喳叫嚣着它们的得意和快乐，大树在空中舒枝展叶，掉下的叶儿、松果，或仰或俯或斜倚在它们身上，它们也不在意，依旧淡定微笑在秋风里。长年累月，流水冲击，甚至人类任意践踏，它们毫无怨言，“春风吹又生”，第二年春风一起，哗啦啦的，蓬蓬勃勃，快乐生长，幸福生活。它们的身下，蚂蚁、蛐蛐、蚱蜢，无数不知名的虫儿忙忙碌碌，草们的世界，原本就是一个包容仁爱、和谐共荣的大世界。

二

三月伊始，地面刚刚冒出绿意，就有人在院内寻寻觅觅，采采摘摘。当然，近水楼台先得月，最先感受到植物变化的是院子里的园工和清洁工们。有好些日子，我看到清洁工们下班时手里都握着一把把的药草，比如香蒿、荠菜等。

在犀城，清明节前后大约个把月时间，几乎家家户户都喜欢做艾叶饺。说是艾叶饺，其实是香蒿，大约叶子很像能辟邪的艾叶而习惯称之位艾叶饺。人们把嫩绿的香蒿洗净浸入清水里以去除苦味，大约一天后再把泡好的艾叶放入热水里焯一下，挤去水分，切成碎末，掺和糯米粉揉成团，加盐或加糖蒸熟。艾叶饺颜色翠绿，好看又好吃，入口即闻得一股艾叶的清香。食之，可祛风驱邪。清明节期间，老街坊们用艾叶饺祭祀先人，邻里邻居相互请客喝茶，品尝艾叶饺，欣赏彼此手艺。

大院的屋檐下、硬化路的缝里、小路边、树荫下，都能看到荠菜的身影。翠绿的荠菜长出新芽儿，一株株，一簇簇，一蓬蓬，有的羞涩地伸出嫩叶，有的自豪地吐出黄色小花，充满春天的气息。早春时节的荠菜青翠欲滴，鲜嫩嫩，绿油油，清香袭人，味道鲜美，营养丰富，清新爽口。民间有着“阳春三月三，荠菜当灵丹”“春食荠菜赛仙丹”的说法。在物质困乏的年代，荠菜救过多少我们的先人。近些年，吃粗粮野菜成为时尚，荠菜作为商品供应到了城市的菜市场，已走上了城市人的餐桌。

三月三，荠菜煮鸡蛋，也是犀城一种习俗。人们对荠菜的深厚情感，不仅包含上述因素，还因为每年这个习俗。将鸡蛋同荠菜煎煮，应时鲜味又健康营养，可以祛风湿、清火，而且还可预防春瘟，即一些流行性疾病，如流行感冒、流脑等。《本草纲目》记载：荠菜甘温无毒，明目益胃，具有和脾利水、止血的功效。吃着荠菜花煮熟的鸡蛋，喝着弥漫着荠菜清香的汤水，那真是儿时一种奢侈的享受。

让我感到惊奇的是，儿时最不喜欢的牛筋草，竟然也是大家寻觅的一味草药。这种草叶子尖细，茎杆密密麻麻排列成平整的圆形，杆端开出白色米粒大小的花儿。牛筋草表面看上去很普通，但因它根系发达，茎杆坚韧得如牛筋一样结实。抓住一把用力一掠，只听到噼噼啪啪地响，茎却不会断。

我记得小时候，牛筋草很不受人待见。猪不爱吃，打猪草的孩子们不喜欢它。大人讨厌它，常常用铁锹、锄头等农具刨挖，将它连根拔出，仍在太阳底下暴晒。但它深深扎根于土地，割不死、踏不死、旱不死、冻不死、烧不死。不久，光秃秃的地面上又冒出了新绿，向着阳光迅速地生长。

院子里能看得到草的地方，几乎都有牛筋草的身影，连墙角水泥缝里、砖缝里也有它侧着身子探出头的样子，园工们怎么拔也拔不掉，最后用铁铲把它割断了，但来年它又探出了头。看到人们手里的药草，我才上网查出牛筋草富含多种营养，并且有治疗高烧、风湿、痢疾、乙型脑炎、湿热黄疸的神奇功效，因此它还有千金草、路边草、鸭脚草、蹲倒驴、千人踏、油葫芦草、百夜草、尺盆草的别称。听人们讲，在兵荒马乱的年代，人和家畜都用它充饥，用它治病。

草木总是把姿态放得最低，看似极普通平凡，但都身怀绝技，它们可用，可吃，可入药。

草们的功用真是举不胜举，可谓遍地草香，遍地药香，它们生活在人类周围，以不同的方式向人类传达绵绵不尽的爱。当我们在生活中伤痕累累，身心疲惫时，回到自然，回到草们的世界，草们不仅会医治我们的身，也医治我们的心，让心重回自然和本真。

三

在通往食堂方向的小路上，我见到了车前草，很惊喜。一兜，两兜，三兜，大大小小，共有八兜，散在青苔密生的石板间隙里。当时正是春末夏初，院子里到处可见马根草、牛筋草和一些不知名字的杂草，一片又一片，在树荫下柔嫩嫩、绿茵茵的。而车前草就开在路边，每天都有人从这里行走、践踏。但越践踏，车前草越长得生机盎然。

车前草是最贴近人类生命的一种植物，人家的檐前屋后，道路两旁，晒谷场的空隙里，这些和人类生活密切相关的地方，都能见到它的影子。它肥大的叶片呈宽卵形或宽椭圆形，大咧咧地张开着，一副憨厚、实在、本分的样子，很像一只只猪耳朵。因而在我的家乡，人们都称之为猪耳朵草。它长得很喜兴，所有的叶茎从根部这个圆心出发，匍匐着向四面伸展嫩绿或白绿的叶片。整棵草就像一朵圆润的花儿，紧贴地面盛开着。孩子们见了，很喜欢，拔出来，甩甩泥巴，把玩着，当键子踢。玩过家家时，还拿它当一碗招待贵客的上等菜——“猪耳朵”。

猪耳朵草也是小时候我们打猪草的对象，猪很爱吃。它也很好拔，一朵一朵，肥肥的，嫩嫩的，一兜就是实实的一大把。猪耳朵草长势较快，叶片很容易在洒满阳光的春风中变得硬实，不久就会开花，呈穗子状。穗子成熟后，上面悬浮着紫白色的颗粒物，随风飘向远方。这个时候的猪耳朵草，已经老了，猪便不爱吃了。

那时还不知道，猪耳朵草，还有一个名字叫车前草，因古代牛车、马车或人力车在泥土或石子路上行进时，车前不断出现这种草而得名。车前草，实在是很有诗意的名字。当车轮一路滚滚而来，那碧绿的、柔韧的车前草，以花儿般的姿态迎接行人，又似在恋恋不舍地挽留着行人，那车轮便因有这温柔的羁绊而慢下来了，那一刻，行人的心也柔软起来了——生活需要面包和打拼，也需要诗意和远方。

关于车前草名字的由来，还有一个传说故事。相传汉代名将马武，曾率军征服武陵的羌人，由于地形生疏被围困在一个人生地不熟的地方。因酷暑无雨，兵马都得了尿血症，正当大家焦急万分时，一名马夫发现三匹患尿血的马因吃了一种像猪耳形的野草不治而愈。马将军大喜，问此草生何处？马夫手一指：“就在大车前面。”马武笑曰：“此天助我也，好个车前草。”当即命令全军吃此草，服后果然治愈了尿血症。车前草的名字就这样流传下来。

故事的真实性我没有考证，但车前草的药用价值却是真实的，有利尿、清热、明目、祛痰的功效。《本草纲目》也有记载：“味甘性寒，无毒，久服轻身耐老。”

也是在《本草纲目》里，知道车前草又名芣苡、马舄、牛舌草、车轮菜、蛤蟆衣。原来《诗经》里脍炙人口的佳篇《芣苢》里的芣苢就是猪耳朵草，“采采芣苢，薄言采之；采采芣苢，薄言有之。”劳动的喜悦，收获的喜悦，在古代女子的歌舞中，被表现着。猪耳朵草，早就活跃在几千年前的古诗词中，明艳在时光深处，被古今文人喜爱着。记得几年前，在一个文学网站里，还有人用车前子做笔名。

想到这里，我忍不住蹲下来，拉开镜头，近距离地对准它们，一朵一朵的猪耳朵草，结结实实匍匐在这里，圆圆的花朵一般，静默着，浑朴着。在这个如诗如梦的季节，花事喧闹地开了一场又一场、落了一重又一重。花香满径的院子里，唯有它，依旧是这小小的一丛，依旧泰然自若地贴近泥土，用低到尘埃里的身姿，高高擎起串串紫色的花朵，把生命廾得同样璀璨、绚丽。

第七辑　四季之美

我回到办公室，坐在窗前，阳光就携着一窗的绿照亮了我的办公室，啾啾鸟语入耳，点点翠绿映目，阵阵清香扑鼻。于是我拿起笔，摊开纸，一一记下这些美好。时光一分一秒，一点一滴，安宁祥和。仿佛觉得，自己也在抽薹发芽，慢慢开成一枝花或长成一抹新绿。

满院春光

仿佛是突然间，春天就来了。

在一个晴好的上午，一大片阳光透过窗户映在办公室对面的墙壁上，明媚得有点耀眼，我和同事几乎是同时朝窗外望去，呀，满院春色，流光溢彩，果然是春天来了。

也难怪，今年立春比较早，还在寒冬腊月呢，总觉得冬天还没过完。如今，无须盼望，春天忽地来了，给人们一个惊喜。

大院门口的行人，外套的扣子已经松开，有的干脆褪去抱在怀里。春风暖阳里，猛吸一口，空气里是饱满的水分子，是初春的气息。人的心情无端地好起来了，彼此相视一笑，一脸春天的模样，“咦，春天就来了呢。”“是的呢，这个暖冬不知不觉就过去了。”QQ 群里，有人唱起来了，“寒冷的冬天哟，早已过去，愿春色铺满你的心……”

这个时候的人，多亲切多慈祥。

不知何时，主楼池塘边的那株红梅，已悄悄打苞，默默绽放了。朵朵红梅缀在枝间，远远望去，一树彤云，一树流霞。只惹得行人驻足，痴望，默叹。然而，它并不张扬，疏影横斜，含蓄典雅，像一古典女子，娉娉婷婷，举手投足间，自有无限风情。

小径旁边，两棵高大的木莲树，一棵打满了桃形的苞，另一棵已在树冠开满了大朵白色的花，一树白花啊，如遗世独立的北方佳人，不食人间烟火。每一朵花就是一张笑脸，无数的笑脸聚在树冠，一笑倾城，再笑倾国，那笑也是超凡脱俗的。

几片象牙白的木莲花瓣，落在身下墨绿的四季桂叶间。路过的人循着木莲花瓣，才发现密密的枝丫间，藏着无数淡黄色的小花。可是，即便发现了，也少有人欣赏。而四季桂呢，并不在意这些。你留意或不留意，它依旧开得欢快而执着，在自己的世界里美好着。

紧接着，梨树就要开花了，桃树也要开花了，油菜花早已鼓足了劲，蓬蓬勃勃地开始了，一场接一场的花事，赶趟儿似的。记得去年，几天阴雨后，花池边的那棵樱花树，突然开满了白花，纯洁晶莹，可惜只惊喜几下，就不见了。又几棵茶树，开几朵红花，在肥叶里。春天就是这样，一惊一乍，但又不动声色，隐蔽得就像一场暗恋，明明动心了，明明喜欢得不行了，可是，脸上是冷冷的安静的凛冽。

所以，春天，要去寻，去找。我绕着院子慢慢溜达，寻寻找找。鸟儿渐渐多了，在几棵高大的樟树里叽叽喳喳。几只不知名的鸟儿，就在我身旁的樟树枝丫间，“呱呱呱”地闹得正欢，我拨开浓密的枝叶，探头瞧去，它们立即从扑闹中分开，落在枝丫上，“呱呱”了两声，静下来了，好像在说：“嗨，别闹了，有人来了。”

我忍不住笑了，偏要盯着它们看，静默了几秒钟，它们终是按捺不住，一起飞到另一棵树上去了。

阳光在它们身上，闪闪烁烁。

阳光也在树叶上，枯草间流动着，跳跃着。沉睡的泥土苏醒了，一个连着一个地打着呵欠，呵欠里是一阵一阵的清香。沉睡的树木苏醒了，不断伸展腰身，“咔嚓，咔嚓”的骨节声不时响起，尤其是密集的女贞树下。沉睡的草们苏醒了，看得到枯草根下的嫩芽，不久的世界，就是一个新绿的世界，等待与期盼，也是欢欣鼓舞的。嫩芽下面呢，蚂蚁，瓢虫，蚯蚓都苏醒了吧？

春天，从上到下，从里到外，其实是无处不在的。

不用找，不用寻了，满院子都是春天，就在眼前，耳边，鼻端。我回到办公室，坐在窗前，阳光就携着一窗的绿照亮了我的办公室，啾啾鸟语入耳，点点翠绿映目，阵阵清香扑鼻。于是我拿起笔，摊开纸，一一记下这些美好。时光一分一秒，一点一滴，安宁祥和。仿佛觉得，自己也在抽薹发芽，慢慢开成一枝花或长成一抹新绿。

春天，是该镶嵌在窗子里看的

钱锺书说：“春天是该镶嵌在窗子里看的，好比画配了框子。”

我深有同感。

这个春天，属于冰冻后的暖春，气温持续在15度左右。天阴一会儿，晴一会儿，雨一会儿，阳光和雨水带着温度轮番从天空浇下来，纵是再沉得住气的万物，也经不住诱惑而蠢蠢欲动了。

于是，这个春天，来得蓬蓬勃勃，轰轰烈烈。山河大地，花儿草儿树儿，“哗啦啦”地倾巢而出，华衣锦服，环佩叮当，到处都是姹紫嫣红，到处都是鸟语花香。这个时候，随便去哪里都是入得了景、入得了画的。站在院子里，樱花、桃花、梨花、紫荆花争相竞艳，就是人在画中立；驱车去乡下，两旁蚕豆花、豌豆花、油菜花一路铺开去，就是人在画里游。抬头是景，低头也是景，冷不丁地一扭头，就会撞到一树花，白的，紫的或红的，嬉嬉闹闹，喋喋不休。

春天的确很美，美到眼睛不够用了吧？“江上被花恼不彻，无处告诉只颠狂。”连杜甫这样一个大男人也因江边上的春花烂漫得着了恼，又无人分享，只好到处乱走。“试上高楼清入骨，岂如春色嗾人狂。”刘禹锡干脆就说，喜欢秋天的清澈入骨，不像繁华浓艳的春色那样使人发狂。春天的美，让人慌乱，不安，不适，手足无措了。

但是，倘若坐在窗前看春，就不一样了，这就好比美酒，须得慢慢品尝，浅浅酌饮。窗子打通了大自然和人的隔膜，使屋子里也连着一部分春天，让我们安坐享受，无须跑到外面去。

春天，天气渐渐暖和了，窗子就会自然打开，风可以随意进进出出，带着饱满的水分子，带着温度，带着花草香，一阵一阵地闯荡进来，一点一点地驱逐屋子里的阴冷沉闷，慢慢的，屋子里变得温暖如棉，和畅舒适。阳光在对面的墙壁上或桌前投下一面明媚，屋子里顿时亮堂起来了。但又不像外面那样灼人燥热，屋子里的残冷阴森不断地中和它，只留下它的媚和妍。

窗前的花木年年不变，但景色会变。梅花、山茶、樱花、紫荆花次第绽放，极尽鲜妍。从含苞待放到花谢花落，千般微妙，万般景致，尽收眼底。见一花而知春，窥一斑而知全豹。那艳丽的瓣和蕊，细碎的花粉，犹如台上的女子，粉墨登场唱一段婉转的曲子，然后曲终人散，留下淡淡的美丽，仿佛烟火，仿佛多年前的爱恋。每一个景物都像是去年的，而每一个景物都不是去年的。

鸟鸣一直是有的，从早晨到傍晚。也许我们的听觉早已习惯，也许它声音的分贝正好处在可有可无之间，只有当你静下心来时，才能听到它们的天籁之音。在大自然里，姹紫嫣红会逼人的眼目，而鸟鸣会淡为其次。但是在窗前，鸟鸣就清亮多了，从早春到春分，鸟鸣声渐渐从单声部变成双声部甚至多声部合唱了，歌声婉转，曲调优美。有时它们叽叽喳喳，一只鸟会突然一个弧度飞到窗前大叫一声，旋即又飞走。

也有雨，但不多。说话间，天就阴了，雨哗啦啦地来了，在对面几棵樟树的映衬下，花针一样密密地织着。飘雨的时光有着说不出的安逸，依旧可以打开窗户，让室内充溢雨气的清新。雨气把屋子和林子连在一起，我也成为林子里的一员，可以和花草树木们同频共振。

就这样，安坐在窗前看春天，无奔波之劳累，无日晒之烦热。可以摊开一本书，泡一杯茶，任它在窗外激情燃烧，任它在窗外纵情奔跑，我且慢下来，安静地、平和地、喜悦地，受用这恰恰的好。

小满

小满时节，我喜欢在院子里的林荫小道上来来回回地走，与草木亲密接触。

春寒已过，夏热渐起，气温不高不低，不冷不热，天气宜人，草木欣然，一切刚刚好，就像一个温柔的笑，叫人无处不妥帖，无处不舒爽。这是因为夏初眷恋着春末，春末倾慕着夏初，若是某天气温高过 30 度，燥热难耐，天空就会变脸，一场急雨，几阵凉风，天气又回到原来的样子。然后，又有几个晴日，气温继续升高……这样反反复复，春末与夏初彼此纠缠在一起，恋恋不舍，难舍难分，到小满，竟酝酿一个新鲜又宜人的世界来。

花谢了，叶长了，草阴了。浅绿、嫩绿、翠绿、青绿、碧绿、瓦绿、黄绿等深深浅浅的绿，一一铺排，装点在院子里大大小小的树和草丛间，满眼都是绿意葱茏，清新灵秀。大院前前后后几百棵樟树，满身翡翠似的绿给院子增添了无限生机与色彩。主楼池塘边，桃树梨树一身绿装，枝条上趴着密密的果，也是绿的透透的，翡翠珠儿似的。大路两旁，浓郁的绿像空中的海洋，在灿烂明媚而有点慵懒的阳光下，闪耀着粼粼的波光。大自然如同一本翻阅不尽、欣赏不够的书，每一页都是崭新生动且丰富多彩的。

院子里绿舒红歇，唯有美人蕉、月季花红得像燃烧的火。它们散在花池里、后院的池塘边，隔着蓬蓬勃勃的绿，遥相呼应，格外惹眼。惹眼的还有前院池塘边的两棵石榴树，大红的花朵点缀在碧叶间，如点点灯笼，倒映在池塘中，喜庆宜人。残花断蕊落了满地满池，成了小满时节一道迷人的风景。

人间五月天，天空是湛蓝的，洁净的。偶尔飘过的云也是淡淡的。记得有一年，和同事一起走过机关院子里，看到满院的花和树，有着四月的繁华和浪漫，更有五月的纯粹与沉静，凉风拂过，一院子都是清香。我由衷地说道：“好美的景致，有时想，就为了这大自然的美与好，真想活他五百年。”同事立即回道：“是啊，人间真是天堂，这个时候，最适宜拿本书，躺在树荫里，草丛间。”我们会心一笑。

眼前立即浮现了读书的一幕幕情景。鸟鸣，凉风，草丛间的清香，树根下陈年落叶的气息，在入目如心的文字里，时光悄悄流逝，让人想起席慕容的诗：“梦里花落知多少。”

刚从大学毕业的小宋，突然指着左前方，说：“看，那里有朵月季花。”顺着他的手势，一朵月季花，高高的盛开在一丛绿叶上，一枝独秀，引人注目。我们笑了，为他依然保留孩儿般的纯真。我说：“小宋，你是人间五月天。”大家又笑了。

风，时疾时徐，凉凉的，爽爽的。疾时树叶“窸窸窣窣”作响，新叶渐至厚实，这响声便有了质地，有了力度。风里带着广玉兰、板栗花和栀子花的清香，深深吸几口，醒脑提神，只觉天地清明，万物清净。板栗花向天空伸出臂膀，要拥抱这个世界；三两朵栀子花，已开放在油绿的叶子间，白蝴蝶般颤颤巍巍，仿佛随时都会飞走。阳光斜斜地照耀过来，路旁一排广玉兰树，秀丽静穆。广玉兰花在阔而厚实的叶子间，静静地开放着，闪耀着圣洁的光辉，像是离开淤泥移植到树端的白莲。广玉兰花叶一边长一边开一边落，生生不息，像一个和谐的大家庭。树下的黄叶黄花聚在一起，不仔细去瞅，分不出哪是花瓣哪是叶。

在这样的花径小道上徐徐前行，一树接一树，一花接一花，画卷般呈现在眼前，觉得光阴也是和谐安详的。

初夏是风、是绿、是歌、是人间五月天，是生命转角时，一曲刚刚好的清唱。

院子里的鸟鸣，也是温婉柔美的，它们栖息在林子里，有一句没一句地，或轻抒缓唱，或梦呓般地呢喃，或叽叽喳喳地闲聊，都是陈谷子烂芝麻的陈年琐事，聊着聊着，发下呆，又跳到另外一棵树上，继续闲聊。还有蝉叫，一些不知名的虫鸣，也是微软的，细切的。前后池塘里的蝈蝈声，彼此应和着，如一曲平和的中三，节奏不温不火，不骄不躁，热闹得刚刚好。

时有布谷鸟声传来，那声音是属于故乡的、家园的，有天然的亲切感，温暖、安宁，给人带来慰藉。“绿遍山原白满川，子规声里雨如烟。乡村四月闲人少，才了蚕桑又插田。”在南宋诗人翁卷笔下，小满前后的江南之景是那么清新宜人，而蒙蒙烟雨中的布谷声声更是乡思缠绵，牵人肚肠。不远处的洣水，丰韵宽阔了不少。小满时节，南方进入雨季，江河湖满，但又不是最大降水量时，所以称为小满。洣水两岸，那一树树，一坡坡、一山山的葳蕤繁茂，层层叠叠倒映其中，凝成沉静的墨绿，再缓缓流逝。

此时的家乡，庄稼地里，田间地头，必定都是正在辛勤劳作的乡人。他们戴着斗笠，挑着水桶，或扛把锄头，参差错落地在翠绿间忙忙碌碌着。花生长苗了，茄子开出深紫色的花，辣椒挂果了，豆角牵线了，他们要来来往往挑水浇水，或佝偻腰身除草。那草真是嫩啊，扯一把甩甩泥土，满世界都是清香。

《月令七十二候集解》：“四月中，小满者，物致于此小得盈满。”如同酒饮半酣，花到半开，半醒半醉，将满未满，便是最好的境界，便是最好的圆满。因为有希望，有期盼，有憧憬。人生也是如此，水满则溢，月盈则亏，这是自然之道，亦是人生至哲。古人智慧之精，只从节气小满一词，便知其妙。

再过些日子，天气逐渐热起来了，晴日长长，凉风徐徐，蝉鸣悠悠，鸟雀嬉闹……一个炎热的夏日即将隆重上场。

长日老夏

过了小暑，夏天便有了十足的样子了。

白昼变得格外地长，早晨更早，傍晚更晚。太阳在天庭里踱着方步，慢慢悠悠，迟迟不肯西下。阳光成白色的了，明晃晃的，像一面通体明亮的镜子，嵌在空中，把万物映照出一片耀眼的灿烂。阳光下，植物们尽情地舒枝展叶，拼着劲地往上长。院子里松杉林、栗树林、银杏林和各种花圃，呈现一派葳蕤景象，植物们至此已达生命的巅峰。

“绿树浓阴夏日长”，说的正是此时的光景。

蝉鸣是少不了的，从绿树绿荫里传来，又仿佛从遥远的天际而来，先是低沉，继而高亢，到激昂到绚丽，甚而有千军万马之势，漫无边际，充斥在天地间。这样持续了一段时间，听得人要发困了，它才缓缓收敛光芒，渐渐回到低沉，回到初始。一只蝉的气场就有如此大，无数蝉鸣，不同的频率，相叠一起，就是一场大自然盛大的交响乐。

这些长长短短，远远近近的蝉鸣，带着些许午睡和童年的味道，配合着烈日炎炎，把人的知觉和意念全部带走，一时间，仿佛又回到儿时，回到了明月别枝后清风鸣蝉的雀跃，回到了风雨帘动后满架蔷薇一院香的柔情。

每天早晨，不少市民来到大院晨练。篮球场上，在松杉林里的凉亭里，在银杏林下的体育器材处，都能看到它们的身影。有一段时间，每天早晨六点开始，篮球场上已经坐满练瑜伽的美女。篮球场的坡边，各种草儿已奋力长到了最佳状态，密密麻麻得像绿色的地毯。她们练完了，就坐着或躺在那里，感受草的清香和柔软。

坡两边的树林里传来了各种鸟鸣声，偶尔一两声蝉鸣，并不锐利，底气不足却带点儿温和。不远处，美人蕉盛开或殷红或淡黄的花，远看一大朵一大朵的，在郁郁葱葱的绿意间，格外耀眼。

风有时从左边的竹林里吹过来，有时从右边的松杉林里吹过来，有时从篮球场上扑过来，长长短短，来与不来，随心所欲，有时风吹过来，长时间地不停息，拉扯着所有的树木花草不放，好风如水，舒畅得妙不可言。此时，所有的树叶都上下左右摇晃着，所有的草叶都在抖动，所有花儿都在摇头晃脑，窸窸窣窣、哗哗啦啦的，全世界仿佛都在开心地唱着歌，跳着舞。一个人静静地坐着或躺着，不说话，也是愉悦无比。

有凉风陪着的光阴，舒畅，清爽，胜过许多俗世里的热闹。“春有百花秋有月，夏有凉风冬有雪。”这人世间，时时处处充溢着一些小美好、小欢喜、小福气，只要人把匆匆的脚步放慢一点，再放慢一点，让充满闲事的心空出一点，再空出一点，这些美好、幸福就会占据你的心，在你生命里欢唱。

在环境幽美的大院内锻炼，实在是一种享受。

这个季节，中午也有足够的时间用来休息。读书累了倦了，随手一丢，自然进入梦乡，“日长偏与睡相宜，睡起芭蕉叶上，自题诗。”在这里，我更愿意把诗人贺铸的“自题诗”念成“好题诗”。“自题诗”有无人陪伴的寂寞无奈之感，而“好题诗”有无人打扰的自在安然之趣。

“人皆苦炎热，我爱夏日长。”长日老夏的光阴，对我来说，虽曰漫长，也是一寸光阴一寸金，每一分每一秒都是流光溢彩的。它不像春天那样地“春色簇人狂”了，也没有“一年之计在于春”的催促和紧迫感了，脚步可以松下来，把心境调和到和盛夏一样的静谧与安宁，与阳光、蝉鸣、绿树浓荫做伴，从容淡定地读书和工作。

白露，一个开始沉思的节气

西风吹得窗外几棵樟树左右晃动的时候，我和窗台上的三角梅一样，沉谧在时空里，什么也没想，或者说什么都在想。

风也在不断地吹拂着我们，还有窗台上其他的花花草草，像在告诉我们，天确确实实凉了。这盘三角梅和其他地方的不一样，秋天之前只管长叶，到秋天才开花。花形大，花苞多，花色淡。淡淡的颜色正好切合白露时节的淡淡朦胧。

是的，白露时节，烈日已经收敛了它的光芒，暑热渐渐消失，天气越来越凉，天空和大地都是朦胧着的。你朝远处望去，那里的天空总是看不真切，天空下的风景，总像是蒙着一层轻纱，像雾，又像梦，内敛又含蓄。

陪衬着这层朦胧，秋虫也如期而至。它们从草丛深处，从路边角落里，一声声传来，此起彼伏，和各种鸟鸣遥相呼应，汇成一曲亘古大合唱。那声音如诗人的浅唱，如游子的低吟，把时空衬得更加清凉和悠远。

白露时节，生命呈现出另一种迷人色彩，这也是初秋特有的迷人景象。我从三角梅的身边站起来，我想我该去院子里各处转悠转悠了。

我在凉爽的风里穿过环行路的竹林，踏上后院西北角的围墙边，眼前的景象竟然有点陌生了。我有多久没来了呢？上次来的时候，大约在“五一”期间，相机里还保留着这些照片。一篼一篼的野草，紧贴着黄泥地面，那点点翠绿，水汪汪地惹人喜爱。高高耸立天空的苦楝树，一树脆嫩的叶子，和杂草的叶子同为一色，互相辉映，翠绿洁白，构成一幅纤尘不染的画面。一切都像刚开始的样子，一切都是欣欣向荣的景象。

而今，整个画面好像膨胀起来了，像极了一张夸张的写意画。围墙边的杂柴茅草，有一人多高，路边的杂草也有膝盖高，把曾经宽阔的路侵占得成了一条细长的白线，落叶满径，踩上去“窸窣”作响，那都是曾经的怀想。

漫长的夏天我躲在装有冷气的房里，忙着一些人世上的事，忘记了生命在一点点消逝，甚而来不及数一数头顶上又增添了几根白发。我沉浸在那些事里，以为时光静止，光阴不前，没想到一段光阴就这样不露声色地逝去了。

然而，光阴在大自然里切切实实地印记着。它们一步一步，一个脚印接一个脚印，认真地记录着光阴，把时光和沧桑坦然地呈现在世人面前。而有几个人能像植物一样，活着只关乎生命本身？

凉风一吹，生命的节奏就慢下来了。空气中不再是饱满的水分子，生命的力量开始由外转向内。我看见杂柴容颜沧桑，都是一副沉思的模样。疾风知劲草，疾风也知铮铮硬骨的，它们不再有柔软的身姿相互缠绕着、支撑着，永恒在风中。蜻蜓或不知名的昆虫浮在它们上空，漫无目的地盘旋着，是在怀念着什么，还是在商量着什么？

沿着那条鹅卵石小路走去，没过膝盖的杂草毫无章法，四仰八叉，东倒西歪，风再怎么吹也吹不顺了，它们将以这个姿势渐渐老去，走向生命的尽头。狗尾巴草低头在想着什么，想得深远而入神，头越来越低，越来越低。围墙外的菜地里，同样佝偻着腰身的菜农们，似乎懂得庄稼们的思考，他们更加沉默地劳作，隐在深长的庄稼地里，不仔细看，很容易忽略。豆角藤蔓，丝瓜藤蔓，爬上高高的竹竿，和长长的豆角，金黄的丝瓜花一起，在风中轻轻摇曳着，梦魇般地呓语着。板栗、红薯、芝麻都在沉默中，不动声色地成熟着。

成熟的季节，也是沉思的季节。凉风一起，仿佛一声号令，大自然中所有的脚步都慢下来了，它们身姿低伏，在沉默中酝酿着、成熟着。然后，走向另一种删繁就简的生命大气象中去。人的脚步也应该慢下来了，一年过去一大半了，这个春天和夏天，都在忙些什么？忙碌的脚步是离内心越远还是越近了呢？如果走远了，还是像大自然一样停下脚步反思一下再回归内心吧，回归生命的初始状态。

晚秋之美

郁达夫说：“秋天，无论哪里的秋天，都是好的。”

我很赞同。

我没有体验过北国之秋的那种清、静和悲凉，但我觉得，江南之秋的美就美在这“草木凋得慢，空气来得润，天的颜色显得淡”上，那秋的味、秋的色、秋的意境和姿态，就在那名花半开、美酒半醉的状态中，让你赏不完，看不够，吊足你的胃口。

在江南，立秋后，气温和景致停留在盛夏时节。只在某个黄昏，天边忽现一抹苍茫，或狂风呼啸着屋边浓密的树叶时，才能觉察到一点秋的影子，淡淡一笔，若有若无，但这足以让人欢欣鼓舞了，从此，季节开始一步一步走向秋天的好景致。

然而，它的步子总是那样慢腾腾，悠悠然，走走停停，停停走走。一场风，落叶纷飞，满目萧索，几日天朗气清，阳光又有了夏的灼热；一场雨，摧枯拉朽，万木憔悴，几天云淡风轻，万物重回了勃勃生机。

秋，在与夏的缠缠绵绵，推推搡搡中来了。

直到仲秋时节，溽暑才渐渐消退，天地间忽地变得清亮了。晴空澄碧，万里无云，好个天朗气清啊，仿佛一吸气，那远在天穹的气息就被吸进肺里，再被轻轻地呼出来，天地合一，万物一体，已不分彼此。

晴朗的日子，一个人徘徊在院子里的香樟树下，阳光透过舒朗的树叶，在水泥地上投下大大小小的光圈，虬枝的疏影，清晰地印在地上。风儿轻柔，树枝轻轻摇晃，那份秀逸，也是秋日佳境。

隐在樟树叶里的樟树籽，毫无觉察地，一点一点地从青到酱紫再到紫黑；池塘边的红桎木树叶，漫不经心地一笔一笔地加深着颜色；县委办公楼后的柚子树，柚子由小到大，再到黄，灯笼似的挂着，要挂很久很久。

秋天美好的光阴，被无限地拉长，慢镜头似的，慢慢地相处，慢慢地缠绵，慢慢地思念，慢慢的世界只够慢慢地爱上一个人。

它的世界，慢得韵味悠长，慢得人情味十足。

到晚秋，甚而立冬时节，池塘边的红桎木树叶才全部红了，如天边的晚霞，静美温暖得令人心醉。此时，胃口才吊足，秋天已浓郁到十分。

静谧的午后，搬把凳子，坐在院子里几棵高大的香樟树下，空中成了鸟儿的天堂，它们在枝丫间嬉戏，热闹，不断地有樟树籽穿过枝叶，“啪嗒”一声打在地面上，扫得干干净净的地面上又铺了一层樟树籽、枯枝和树叶，空气里弥漫着淡淡的樟脑香。树籽落纷纷，静寂满堂院，满院子都是恬淡宁静的气息。

不远处的田野里变得广袤而空旷，收割后的稻梗参参差差，晚秋像操劳半生的农夫，朴实憨厚中有着安详和满足。人家的房前屋后，柚子、橙子、橘子，圆溜溜、黄橙橙，挂在树上，就是一幅斑斓的油画。瓜棚架上，丝瓜藤，南瓜藤和苦瓜藤已日渐枯萎，叶儿显斑驳和沧桑，唯有那花儿，从夏末到初冬，依旧黄灿灿，明艳艳，还在对这个季节做恋恋不舍地怀想。

秋蝉衰弱的残声，几乎有草的地方就听得到。白天在办公室处理公务，或夜晚朦朦胧胧的睡意中，窗外总会传来它们的啼唱。日子越来越短，暮色四合时，院子里的女贞树下，秋虫早早地欢唱起来，那歌声一发而不可收拾，一声接一声，急切嘹亮，充溢耳膜。

这样美好的景致，立冬后，还会延续个把月，像一场漫长的告别，等红叶落尽，一切删繁就简后，天地间才有了冬的气象，那又是另一种美好和广阔自由的安静之所。

天寒将欲雪

雪将来之时，天地间就会出现“将欲雪”的样子。就像每次临近春节，不一定要大红灯笼高高挂，不一定要家家门前有春联，只需听到远处的一声鞭炮声，瞥一瞥天空中隐隐约约的明媚，嗅一嗅，空气里弥漫的就是年味了。

一场雪的到来，也是如此。天空一天比一天阴霾，寒气也一时比一时深重。天寒地冻中，万物凛凛，惊疑不定，仿佛都在等待一场盛会。

院子里的上百棵松树，踮起脚尖，高高耸入苍灰色的天穹，仰天长望。它知道没有一片雪花会落错一个地方，它看到了那些注定落在这个地方的雪花，一片片已从远空赴来，带着丝丝寒气，那么清冷，又那么轻盈，如同一个遗世独立的绝美女子。它早已伸开了双臂，做好了迎接的准备。

操场边两棵同根的樟树，在寒气中早已牵手并温暖相拥，准备着它们浪漫的人生之旅——在一场雪事里相伴白首。路旁的竹林，微微地低着头在商量着什么，微风掠过半僵硬的竹叶，“簌簌”作响，声音里已是冰雪的质地，它们已提前进入下雪的状态。

窗前小道两旁的女贞树，整整齐齐地挤在一起，蜡质的叶片在寒风中瑟瑟发抖，它们太需要一场雪的覆盖，像棉被一样温暖身心。地面上的枯草萎叶，凑在一起窃窃私语，然后仰着焦渴的脸——雪是它们的华衣霓裳，只有穿上华衣，才会重现昔日的秀姿与风采。

楼前的两棵木莲树，不知什么时候已悄悄打苞，树顶已率先出现了大朵大朵白色的花，像一位北方佳人，冰清玉洁地仿佛不食人间烟火。对于它来说，一场冰雪的到来，应是一颗灵魂对另一颗灵魂的深切呼唤，或者说它们本来就是一场灵魂的相约。

最吸引眼球的当属点缀在林子里的山茶花了，不管不顾，我行我素，依旧张开娇嫩的花瓣，绽放绝世的容颜。在灰蒙的天空下，在四周萧索的树木中，那鲜艳的红愈加耀眼夺目。届时，“灿红如火雪中开”的山茶花，与纯粹的白雪一邂逅，那红白相映，将成为这个世间最美的遇见。那融在骨子里的温婉与坚韧，将给寒冬平添几许温暖。

鸟儿其实早就知道的，树梢上、草丛里，偶尔还能看到一两只疾飞的身影。林子深处，依然会有一两声鸟鸣，彼此呼应，似在深切呼唤，殷殷叮咛。

“绿蚁新醅酒，红泥小火炉。晚来天欲雪，能饮一杯无？”白居易在“将欲雪”时，把小小红泥炉烧得殷红，然后摆上新酿的绿色米酒，准备和朋友在醇厚香浓的酒中度过一个温馨而充满情趣的夜晚。这一句“能饮一杯无”，轻言细语，贴近心窝，令世人动情。

而我呢，也喜欢待在火炉边读喜欢读的书，写想写的文字。不必邀请朋友，一个人也好，有旁人在也可。我会习惯性地拿出一个或两个红薯，洗净，剁成碎块，加入大米和水，在火炉上熬粥。漫漫长夜里，窗外的世界，清冷如琉璃，朔风阵阵呼啸而来，寒气一声声叩窗，雨声滴滴答答，传递的都是雪的讯息。而屋内，从厨房里飘出的红薯粥的清香在空气里盘旋缭绕着，有一种温暖的贞静。

大仲马在巨著《基督山伯爵》最后一句说：“人类的全部智慧都

包含在这两个最美的词中——‘等待’和‘希望’……”等待，其实是一种美的坚守，是一首清新而隽永的诗，蕴含着我们不息的追求和希望。

如果注定有一场雪来临，如果注定人生就是一个幸福的等待过程，那么，我愿意光阴慢下来，再慢下来，把这等待无限地延长，延长到一生的时光只足够守一颗初心，于浮世清欢里读懂一个恰到好处的人。

虚幻之美

总算是下了一场雪，虽然下得简约，甚而简单——只在路旁、屋顶、车盖上敷了薄薄的一层白。但厚有厚的味，薄有薄的味，算是对几天苦心经营酝酿的一个交代，是对期盼渴望之心的一点儿抚慰。

晌午时分，雪停风静，阴霾的天空透出几丝亮色。站在院子里，感觉比前几日温暖了许多。而眼前的花草树木，都隐在冰雪的世界里，与空间隔了一层，泛着凌凌之气，冷冷地逼人。它们保持着一种姿态和表情，像是用孙悟空的金箍棒轻轻一点，它们一刹那的姿态和表情，就定格在时空里。

天和地都是静的，空气也是静的，鼻子里呼出的气息，在眼前慢慢地晕散开来。偶尔有两三只鸟，低低地从一棵矮树飞向另一棵矮树，“扑棱扑棱”的翅膀拍击声有点儿沉重，连鸟鸣也是低沉嘶哑的，寒冷和饥饿让它们有点儿无所适从。

这个时候的松树，依旧保持着它挺且直的姿态，风雪越大，越显英雄本色；杉树浑身铠甲，一身刺衣更见凛凛之风；樟树叶上点缀了无数的冰珠，逆光望去，珍珠一般闪闪发亮；女贞树是凑在一起商量好后，集体以一种姿态进入禅的境界；冰雪下的铁树另有一番风味，平日向上舒展的枝条，如今垂下来，整整齐齐地像一把把翠绿的小梳子，又顺溜又柔和。

竹子的头垂得更低了，低到尘埃，甚而爆裂。每年冬天，竹子都要接受它生命里的劫。低调、谦和、反思或刚烈，竹子以自己的方式完成生命的蜕变，和松树名列“岁寒三友”中。

雪助花妍，一场冰雪之恋，山茶花愈加鲜艳娇美多姿。但山茶花包裹在冰雪里，总觉得像冰冻在橱柜里的花一样不真实。晚上，一轮清晖跃上天空，给院子里的一切罩上了一层浪漫和神秘的面纱。白天看到的花草树木全隐在一团一团的黑影里，有种虚幻感，仿佛那已是很久远的事情了。大院很静，没有风，也不觉得冷，凝神静听，仍有“泠泠泠”的冰凌声从树木间传来，空气里弥漫着清冷肃寒的气息，让人觉得仿佛到了另一个世界，唐、宋或者更古老的时空。这样听着想着，感觉月色越来越明亮，景物越来越清晰，抬头望去，不知道什么时候，云层已褪去，一轮明月玉盘一样镶嵌在空中。清晖倾泻而下，与周围的清冷气息融合，天上地下已浑然一体。

天寒地冻的这几天，便想读读川端康成的《雪国》，也觉得在这种氛围里非常适合读。比如纯美、干净、清冷、虚幻——这些气息是相通的，容易让人走进他那个唯美梦幻般的世界里。年轻时读《雪国》，只觉得笔触细腻，不管是环境还是爱情描述，都有说不出的凄美和虚无缥缈的特质。

尽管人生如梦幻般的虚无，但我有自己的坚守，因为有些东西是实实在在的，比如，我们在生活磨砺中日渐慈祥的脸，日渐温厚的心。我们应该珍惜每一分每一秒，像香料一样磨炼自己，提升自己，在节日来临时，以全新的自我迎上那旷渺壮丽的银河。